최후의 만찬

유월절을 기념하여 예수는 열두 제자와 함께 저녁을 먹었다. 십자가에 못 박혀 처형당하기 전, 제자들과 가진 마지막 만찬이었다. 만찬이 끝날 무렵 예수가 말했다.

"너희 중 한 사람이 제사장에게 나를 팔아 이득을 챙길 것이다."

당황한 제자들이 이구동성으로 물었다.

"주여, 저는 아니지요?"

예수는 대답하지 않았다. 그 대신 이렇게 말했다.

"그 사람은 나를 판 죄로 감당하기 힘든 고통을 겪다가 비참하게 죽을 것이다. 차라리 태어나지 않았더라면 좋았을 것을…."

차례

007 프롤로그
011 태어나지 않았어야 할 아이
028 생명 끝에서의 재회
045 꿈에서 온 그녀
065 현실로 번진 악몽
090 불안을 쫓는 관찰자
105 운명의 불길 속에서
131 상실로 얽힌 인연
141 에필로그

소설 속 인물과 사건 등은 모두 허구입니다.

프롤로그

 신규 고객사로부터 의뢰받은 프로젝트 마감일을 며칠 앞두고 연일 과로한 탓에, 눈꺼풀을 들어올릴 수 없을 만큼 무거운 피로가 눈두덩이로 쏟아져 내렸던 어느 여름밤이었다. 잠깐 눈을 붙이겠다는 생각으로 누웠을 뿐인데, 이상한 꿈이 시작되었다.
 꿈에서나 볼 수 있을 법한 아름다운 여자가 꿈에 나타났다. 일면식도 없는 얼굴이었고 연예인이나 방송인처럼 유명한 사람도 아니었다. 그러니까 내가 전혀 모르는 여자가, 그것도 내 넋을 완전히 빼놓을 만큼 예쁜 여자가 내 꿈에 들어와 있었다.
 태양의 열기로 아지랑이가 피어오르는 파란 하늘 아래,

잔잔한 바다 위에 떠 있는 텅 빈 여객선 갑판 위에서 우리는 단둘이 마주 서 있었다. 바람 한 점 없는 고요한 공간에서 여자는 나를 바라보며 하염없이 눈물을 흘렸다. 그녀의 울음소리는 들리지 않았지만, 눈물방울은 빛을 받아 반짝이며 그녀의 뺨을 타고 흘러내렸다.

'무슨 일이 있었던 걸까?'

가슴 앞에 베이비 캐리어를 멘 그녀는 텅 빈 캐리어를 꼭 끌어안고 있었다. 그 모습을 보니 왜 그녀가 눈물을 흘리는지 짐작이 갔다.

'아기를 바다에 빠뜨렸나?'

꿈의 다음 장면이 선명하게 그려지는 것만 같았다.

'곧 여자가 바다에 몸을 던지겠지. 돌아올 수 없는 아기를 따라 깊은 바다로 사라지겠지.'

그때 내가 할 수 있는 일은 단 하나, 그 자리를 피하는 것뿐이었다. 무거운 비극에 휘말리고 싶지 않았고, 그녀의 절망적인 일에 조금이라도 연루되고 싶지 않았다. 혹시라도 내가 그녀를 바다로 밀었다는 오해를 받으면 어쩌나 싶어 덜컥 겁이 나기까지 했다.

나는 여자에게 등을 돌리고 갑판 위를 무작정 달렸다. 내 발소리가 고요한 갑판 위에 메아리쳤다. 그런데 그녀의 눈빛이 눈앞에서 아른거렸다. 마치 절실하게 무언가를 갈구하는 듯한 눈빛으로 여자는 나를 바라보며 눈물을 흘렸다.

'아기는 어쩔 수 없더라도 그녀 자신만은 구해 달라는 의미가 아니었을까?'

이러한 생각이 들자 나도 모르게 걸음을 멈추고 다시 여자가 있는 쪽으로 몸을 돌렸다. 아직 그녀가 바다에 뛰어들지 않았다면 이제라도 손을 잡아 주어야 할 것 같았다. 그녀가 원한다면 따뜻하게 안아 줄 마음도 있었다.

다시 여자에게 다가가자, 그녀는 울음을 멈추고 천천히 입꼬리를 올리며 나를 향해 웃음을 지었다. 그 웃음은 곧 이상하게 변하기 시작했다. 마치 영화 속 조커처럼 입이 찢어질 듯 여자의 입꼬리가 점점 높이 올라가더니, 웃음이 얼굴 전체에 기괴하게 번져 갔다. 마치 세상의 모든 고통을 비웃기라도 하듯 섬뜩한 광기가 깃든 그 소름 끼치는 웃음에 나는 몸서리를 쳤다.

그 순간, 하늘에서 떨어지기라도 한 듯 갑판 위에 한 무리의 여자들이 나타났다. 그들은 마치 감옥으로 끌려가는 죄수들처럼 철장 안에 갇혀 있었고, 철창 앞에는 갓 태어난 듯한 아기들이 서로 뒤엉켜 목청껏 울고 있었다. 울음소리는 점점 더 커지더니, 바다를 울릴 정도로 퍼져 나갔다.

곧이어 철장 안의 여자들이 쇠창살을 마구 흔들며 절규하기 시작했다. 그들이 비통하게 울부짖는지 이유를 나는 금세 알아차릴 수 있었다. 광기의 웃음을 짓던 그 여자가 철장 앞에 있는 아기들을 닥치는 대로 바다에 집어 던지고 있었다.

마치 내 아이가 빠져 죽은 바다가 내 아이만의 무덤이 되어서는 안 된다는 듯, 그녀는 미친 듯이 아기들을 바다로 내던졌다.

바로 그때, 알람 소리가 요란하게 울렸다. 나는 놀라 숨을 헐떡이며 꿈에서 깨어났다. 온몸이 땀에 젖었고, 가슴이 심하게 뛰었다.

꿈에서 본 그 여자의 모습이 머릿속에 생생히 떠올랐다. 그녀의 눈빛, 가슴을 관통하듯 슬프면서도 처절했던 눈빛이 나를 여전히 붙잡고 있었다. 마치 내 의식의 저편에서 그녀가 날 응시하고 있는 듯한 느낌이 들었다.

그 순간에는 상상조차 하지 못했다. 그토록 아름다우면서도 소름 끼치는 그녀를, 머지않아 현실에서 마주하게 될 거라는 사실을.

태어나지 않았어야 할 아이

"뭐든지 네 마음대로 해도 돼. 단, 네 삶의 시작과 끝은 내가 정해."

인간의 운명의 시작과 끝을 쥐고 있는 신은 종종 장난을 친다. 가장 행복해야 할 순간을 비극으로 바꾸어 그 비극을 더 돋보이게 만드는 식이다. 내 삶은 그런 신의 잔혹한 장난에서 시작되었다.

내 어머니는 나를 낳다가 죽었다. 의료진이 갓 태어난 나를 어머니의 품에 안기자, 어머니는 미소를 짓는 듯하더니 이내 의식을 잃었다. 출산의 기쁨은 비극으로 막을 내렸고, 나는 태어나는 순간부터 죄인이 되었다.

어머니는 출산을 얼마 남기지 않고, 임신성 급성 지방간(이 빌어먹을 진단명을 나는 토시 하나 빠뜨리지 않고 정확히 기억한다.)이라는 희귀한 진단을 받았다고 했다. 어머니가 자신의 생명을 보존하려면, 배를 열고 미숙아 상태로 나를 꺼내 인큐베이터에 넣은 뒤 즉시 치료를 시작해야 했다. 그러나 어머니는 치료를 거부했다.

"아기부터 살려야 해요. 저는 괜찮아요."

의사와 아버지, 그리고 목사는 저마다 어머니를 설득하려 애썼지만 당신의 고집을 꺾지 못했다. 결국 어머니는 나를 낳고 그 자리에서 죽었다.

평생 아버지는 내게 그 이야기를 귀에 못이 박히도록 들려주었다. 어머니는 나를 살리려고 목숨을 바친 숭고한 희생자였고, 나는 어머니를 죽이고 태어난 민폐 덩어리였다.

아버지는 나를 증오했다. 심지어 아버지는 내 돌잔치도 열어 주지 않았다. 내 첫 생일에 아버지는 교회에서 어머니의 사망 1주기 추도 예배를 올렸다.

어려서부터 일가친척들은 나를 볼 때마다 훈계했다.

"함지훈, 너는 엄마의 희생으로 태어났으니 평생 엄마에게 감사하며 살아야 한다."

대체 내가 무엇을 감사해야 한다는 걸까? 어머니는 나를 이 세상에 떨궈놓고 죽었고, 나는 태어나는 순간부터 비극의 중심에 서 있었는데….

어릴 적, 내가 가장 두려워했던 건 아버지의 눈빛이었다. 아버지는 종종 나를 살인자 보듯 바라보았는데, 마치 이렇게 말하는 듯했다.

'너는 태어나지 않았어야 할 아이야.'

그 눈빛을 받을 때마다 나는 속으로 되뇌었다.

'그럴 거면 애초에 나를 만들지 말았어야죠.'

나는 늘 아버지의 눈치를 살피며 조심스럽게 행동해야 했다. 조그마한 잘못을 저질러도 불호령이 떨어졌으니까. 아버지와 함께 집에 있을 때는 내 방에 틀어박혀 책을 읽거나 공부만 했다. 아니, 아버지가 집에 없을 때도 그랬다. 어린 마음에 공부를 잘하면 아버지가 나를 미워하지 않을 거라고 생각했다. 덕분에 학창 시절 내내 내 성적은 항상 원 톱이었다. 거짓말을 조금 보태자면, 투 톱을 허용하지 않는 절대 원톱. 그런데도 젠장, 나를 바라보는 아버지의 눈빛은 조금도 변하지 않았다.

어느 날, 머리가 좀 커진 내가 아버지에게 물었다.

"제 출생을 원망할 거면 애초에 왜 저를 만드신 거예요?"

아버지는 대답하지 않았다. 그저 부릅뜬 눈으로 나를 노려볼 뿐이었다. 그런 아버지도 변호사로서 한창 잘나가던 시절에 허망하게 죽었다. 이 또한 신의 장난이 아니라면 무엇일까 싶다.

*

아버지는 내가 여섯 살이 되던 해에 재혼했다. 어머니가 세상을 떠난 뒤, 교회에 더욱 열심히 다녔던 아버지는 성가대 활동을 하다가 그 여자를 만났다고 했다.

아버지는 제법 잘나가는 변호사였다. 그 여자는 아버지에게 눈독을 들이고 성가대에 지원했다. 그리고 성경에 등장하는 많은 여인들처럼 아버지를 미모로 공략했다. 그녀는 아버지를 사랑한 게 아니라, 아버지의 직업을 사랑했기 때문에 아버지를 유혹했다. 정확히 말하면 아버지가 버는 돈을 사랑했다. 애 딸린 홀아비라는 결점 따위는 그녀에게 아무런 문제가 되지 않았다. 사실, 이 모든 게 내 추측이긴 하지만 그 여자는 충분히 그러고도 남을 속물이었다.

성경 속 많은 여인들이 높은 위치에 있는 남자를 아름다운 외모로 유혹하여 높은 자리를 차지했다. 실력이나 업적을 쌓기 위한 노력 따윈 필요 없었다. 타고난 미모면 충분했다. 거기에 유혹의 기술만 타이밍에 맞게 발휘하면 끝이었다.

솔로몬 왕의 어머니인 밧세바는 목욕하는 모습이 다윗 왕의 눈에 띄어 왕비 자리를 차지했고, 유대 민족을 구원한 에스더도 아름다운 외모 덕분에 페르시아 제국의 왕비가 되었다. 그녀들이 먼저 왕을 유혹했다는 내용은 성경 어디에도 없지만, 나는 그랬을 거라는 사실을 의심하지 않는다.

어디 왕비들뿐인가. 성경에 등장하는 많은 여인들이 결혼을 통해 신분 상승을 시도했다. 아름다운 외모가 그들의 유일한 능력이었다. 예쁘면 높은 자의 눈에 드는 것이고, 눈에 들어 결혼에 골인하면 높은 자리에 오르는 것이다.

고급 룸살롱의 접대부처럼 반반하게 생긴 데다가, 성가대 솔리스트 자리를 차지할 만큼 꾀꼬리 같은 노래 실력을 가진 그 여자는 아버지의 마음을 사로잡기에 완벽한 조건을 갖춘 셈이었다.

노부모에게 의탁해 살던 백수 노처녀는 결국 아버지를 손에 넣었다. 그 과정을 내가 구체적으로 알지 못하지만, 그 여자는 힘든 노력 없이 성공하는 비결을 성경에서 깨우쳤던 게 틀림없다. 높은 자리에 올라간 남자를 유혹해 같은 자리를 얻는 방법 말이다. 그것 말고는 아버지가 많고 많은 여자 중에서 그 여자를 간택할 이유가 없었다.

이제 나는 그 여자 눈치까지 보며 지내야 했다. 사실 그녀는 나를 철저히 무시하거나 때로는 마치 내가 없는 듯 행동했다. 나는 그런 그녀의 태도에 혼란스러우면서도 묘한 안도감을 느꼈다. 어쩌면 그 무관심이 그 여자와 나 사이에 존재하는 유일한 평화의 형태였을지도 모른다.

우리 집에 새로 들어온 그 여자를 나는 '고모'라고 불렀다. '새엄마'라고 부르긴 싫었고 '엄마'라고 부르긴 죽어도 싫었다. 그렇다고 해서 이모, 숙모, 외숙모, 큰어머니, 작은어머니라고 부를 수는 없었다. 친인척 어른들에게 대단한 실례가 될 테니까. 여섯 살 꼬맹이에 불과했지만, 그 정도 판단은 할 수 있을 만큼 나는 정서적으로 이미 성숙했다. 눈칫밥을 오래 먹으면 그렇게 된다.

마침 나에겐 고모가 없었다. 그러니까 가족으로서 붙일 수 있는 호칭 중 남는 것이 그것밖에 없었기 때문에 그 여자를 고모라고 불렀다. 아마도 그것은 그녀를 가족으로 인정하지 않으려는 내 저항의 표현이었을지도 모른다. 그러나 소리 내어 고모라고 불러본 적은 한 번도 없었다. 속으로만 그렇게 불렀다. 진짜로 고모라고 불렀다간 아버지에게 뺨을 맞을 것 같았기 때문이었다.

사실 집 안에서 그 여자와 마주칠 일이 별로 없었으므로 호칭을 사용할 상황도 거의 없었다. 그 여자와 함께 집에 있을 때, 나는 화장실에 가거나 밥을 먹을 때를 제외하면 내 방 밖으로 나가지 않았기 때문이었다. 어쩔 수 없이 말을 섞어야 할 때는 호칭을 생략했다.

그렇다고 해서 그 여자의 남편을 '고모부'라고 부르진 않았다. 나를 어머니의 살인범으로 취급했던 아버지였지만, 아버지는 아버지니까 그냥 아버지라고 불렀다. 그러나 어느 날부터는 아버지를 아버지라고 부를 일도 없어졌다. 그 여자 덕분에 아버지는 과로로 쓰러져 죽었다.

평생 자신의 노력으로 돈을 벌어 본 적 없었던 그 여자는 자기가 독박살림, 독박육아의 희생자라고 떠들었다. 결혼 때문에 자유를 포기한 비련의 여주인공이라나 뭐라나. 그 여자는 우리 집에 들어온 후 얼마 지나지 않아서부터 아버지에게 그런 말을 늘어놓으며 징징대기 시작했다.

청소도, 빨래도, 육아도 모두 나를 갓난아기 때부터 돌봐 준 유모 아줌마가 도맡아 했는데 독박은 무슨….

그 여자는 심지어 어린 나를 붙잡고도 헛소리를 늘어놨다.

"너 때문에 내 자유가 사라졌어."

당시 나는 그 말이 가진 의미를 완전히 이해하지는 못했지만, 그 속에 깃든 경멸과 원망은 명확히 느낄 수 있었다.

그년, 그러니까 결혼 때문에 자유를 포기했다고 호소하던 비련의 여주인공은 매일 바깥으로 돌며 마법같이 돈 쓰는 자유를 즐겼다. 수입차를 굴렸고 수집하듯 명품 소비재를 사들였다. 골프 레슨을 받은 뒤로는 골프 모임에 가입했고 이런저런 년놈들과 함께 전국 골프장을 순회하며 공을 치러 다녔다. 혼자서(이런저런 년놈들과 함께) 해외여행도 수시로 다녀왔다. 집에서는 돈줄인 아버지에게 룸살롱 접대부처럼 온갖 아양을 떨었다.

내가 보기에 그 여자는 아버지의 몸과 마음을 갉아먹는 기생충 같았다. 그런데도 아버지는 그녀를 위해 더 많은 일을 하며 지쳐갔다. 그 여자의 방종과 그녀를 향한 아버지의 헌신 사이에서 나는 점점 더 고립감을 느꼈다.

아버지는 뭐가 찢어지도록 가난했던 집안에서 태어났다. 물려받은 재산 하나 없이 자수성가했기 때문에 몸이 곧 재산인 육체노동자나 다름없었다. 아버지의 형과 동생, 그러니까 내게는 큰아버지와 작은아버지인 두 어른은 실제로 육체노동을 해서 먹고살았다. 작은아버지에게서 내가 들은 바로는, 형제 중 아버지만 공부머리가 있었고 어릴 때부터 비실거렸던 아버지는 공부밖에 할 수 있는 일이 없었다.

아무리 아버지가 고소득자라고 해도, 집안에서 돈이 물새듯 빠져나가면 버텨내기 힘들었을 것이다. 어중간한 규모의 로펌에서 파트너 변호사로 일했던 아버지는 그 여자의 '자유'를 지켜주기 위해 쉴 새 없이 일해야 했다. 밖에서 100을 벌어오면 안에서 150을 써대니, 모자란 50을 메우기 위해 아버지가 할 수 있는 건 더 많은 일을 하는 것뿐이었다.

아버지는 마치 어머니 몫까지 다해서 하나님을 섬겨야 한다는 듯 열심히 다녔던 교회를 어느 날부터 나가지 않았다. 주말이고 휴일이고 일만 했으니, 당연히 교회에 나갈 시간이 없었을 것이다.

아버지는 검버섯이 피고 피로에 찌든 얼굴로 지냈다. 반면, 정기적으로 피부 관리숍에 다녔던 그 여자는 잡티 하나 없는 소녀 같은 얼굴로 살았다. 평소 그 여자에게 쩔쩔매던 아버지도 때로는 답답했는지, 가끔은 그녀의 과한 씀씀이를 나무랐다. 하지만 그때마다 그 여자는 눈물을 찔끔거렸고, 아버지는 늘 그 가증스러운 눈물에 굴복했다. 그러고는 다시 죽어라 일만 했다.

나는 아버지가 어머니를 잃은 슬픔을 극복하지 못했기에, 그 여자의 눈물에도 쉽게 굴복했을 거라고 생각한다. 재혼 후에도 아버지가 지갑 깊숙이 어머니의 사진을 넣고 다니는 걸 우연히 본 적이 있었다. 아버지는 평생 어머니를 잊지 못했던 게 분명하다.

그래서였을까? 아버지는 새 가정을 지키겠다는 집념에 사로잡힌 것 같았다. 아내와 사별한 뒤 만난 새 아내를 어떻게든 평생 곁에 두겠다는 쓸데없는 집념이었다. 아버지는 그 여자의 돈 쓰는 자유를 지켜주는 것이 곧 가정을 지키는 일이라고 착각했던 게 틀림없었다.

과로와 스트레스에 시달렸던 아버지는 결국 간이 망가져서 죽었다. 내가 고3이던 열여덟 살 때의 일이었다. 암세포가 간 전체를 뒤덮은 걸 너무 늦게 발견해서 손을 쓸 수 없었다. 아버지는 생명을 잃었고 변호사라는 직업도 잃었다. 재산은 모두 그 여자의 차지가 되어 버렸다. 아버지는 하나를 지키려다가 나머지 모든 것을 잃었다. 만약 그 여자를 버렸다면, 아버지는 그년 하나를 제외한 모든 것을 지켜 낼 수 있었을 것이다.

아버지의 장례식 내내 작은아버지는 울음을 멈추지 못했다. 작은아버지는 아버지와 각별했다. 장례 예배를 마친 뒤, 목사가 고인이 천국에 갔을 거라며 작은아버지를 위로했다. 나는 그 말이 무슨 위로가 될까 싶었다. 이어서 장로인지 전도사인지 하는 작자가 나서서 말했다.

"형님이 천국에 갔으면 감사할 일인데 왜 우십니까?"

'젠장, 감사할 일도 참 많구나.'라고 나는 생각했다. 자기 가족이 천국에 가도 주둥아리에서 저런 말이 나올지 궁금했다. 사실 천국이 실제로 존재하는지가 더 궁금했다.

나는 아버지의 죽음이 하나도 슬프지 않았고 당연히 눈물 한 방울 흘리지 않았다. 그렇다고 해서 기뻐한 건 아니었다. 그냥 아무런 감정이 들지 않았다. 마치 처음부터 나에게 아버지가 없었던 것처럼.

다만, 아버지의 영정 앞에서 비련의 미망인 흉내를 내는 그 여자에게 화가 날 뿐이었다. 아버지가 건강한 체질은 아니었지만 그렇다고 해서 지병이 있었던 것도 아니었다. 심지어 아버지는 술과 담배를 일절 입에 대지 않았다. 그런 아버지가 쉰 살도 넘기지 못하고 간암으로 죽었다. 그 여자가 아버지를 죽인 거나 다름없었다.

어머니는 나 때문에 죽었고, 나를 미워한 아버지는 새 아내 때문에 죽었다. 신은 우리 가족에게 장난을 쳐도 너무 심하게 쳤다.

*

 아버지가 세상을 떠난 뒤로는 그 여자를 다시 볼 일이 없었다. 그녀가 물 쓰듯 돈을 써댄 덕에 아버지가 남긴 재산은 아파트 한 채가 전부였다. 그 여자는 아파트는 물론, 생명보험에서 나온 사망보험금, 로펌에서 지급한 위로금, 장례식 부의금까지 가져갈 수 있는 건 모조리 챙겼다. 공동상속인인 내게 동전 한 푼 남겨주지 않았다. 만약 내가 내 몫을 주장했다면, 그 여자는 내 목숨을 빼앗아서라도 다 가져갔을 것이다. 그러고도 남을 년이었다.

 나는 그 여자를 죽이고 싶었다. 하지만 차마 그럴 수는 없었다. 인륜이나 천륜 같은 윤리적 이유 때문이 아니었다. 죽일 만한 인간을 죽였는데도 살인죄로 처벌받는 건 너무 억울할 것 같아서였다. 내 인생을 그 여자 때문에 망칠 수는 없었다. 나는 그 정도로 어리석지 않았다.

 대신 상상 속에서 죽이는 방법을 택했다. 그 여자가 떠오를 때면 손이 떨릴 만큼 화가 치밀어 아무것도 할 수 없었다. 그럴 때마다 나는 잔인한 방법으로 그녀를 고문하고 죽이는 상상을 했다. 마치 명상하듯 마음을 가라앉히고 머릿속에 생생한 장면을 그리며 그녀를 죽였다. 그렇게 해서도 분이 풀리지 않으면 한 번 더, 또 한 번 더, 분이 가라앉을 때까지 반복해서 죽였다. 그러고 나면 마치 그녀를 실제로 죽였다는 착각에 빠졌고, 한동안은 분노를 잠재울 수 있었다. 종종 꿈에서도 그녀를 죽였다.

아버지와 그 여자 사이에 아이가 한 명 있었다. 그러니까 내게는 배다른 동생이다.

함도훈.

내가 아홉 살 때 도훈이 태어났다. 그 여자는 자기 배로 낳은 아이조차 예뻐하지 않았다. 고슴도치도 자기 자식을 귀하게 여긴다는데, 그녀는 짐승만도 못한 인간이었다.

도훈은 계획 없이 태어난 자식이었다. 그 여자는 처음부터 아이를 낳을 생각이 없었다. 그녀는 아버지의 사회적 지위를 나눠 갖고, 아버지가 번 돈으로 호화로운 생활을 하기 위해 결혼했을 뿐이었다. 그런 그녀에게 자식은 자유를 침해하는 존재, 그 이상도 이하도 아니었다.

나는 도훈을 미워할 수 없었다. 그 여자의 자식이라는 이유만으로 도훈을 미워하기엔 그도 나처럼 피해자였으니까. 원수의 원수는 내 편이라는 말도 있으니 말이다. 그렇다고 내가 도훈을 좋아했던 것도 아니었다. 싫어하지 않는 것과 좋아하는 건 엄연히 다르다. 도훈에 대한 내 감정은 동병상련, 그 이상 그 이하도 아니었다.

그 여자가 우리 집을 팔아 치우고 떠나면서, 도훈을 볼 일도 없어졌다. 간간이 도훈과 연락은 주고받았다. 정확히 말하면, 내가 먼저 연락한 적은 없었고 가끔 그 꼬마가 나에게 전화했다. 그마저 어느 날부터 연락이 끊겼다.

갑작스럽게 고아가 되었지만 나는 그 상황이 싫지 않았다. 더는 아버지와 눈을 마주칠 일도, 그 여자를 볼 일도 없었기 때문이었다. 다만 무일푼에 당장 돈 나올 데가 없었으므로 막막하긴 했다.

학교 근처에 반지하 단칸방을 구했다. 비좁은 방이라서 침대, 옷장, 책상 중 하나를 들여놓을 수 없었다. 나는 침대를 포기했다. 형편이 좋지 않았던 작은아버지가 보증금과 첫 달 월세를 대신 내 주었다. 나는 나중에 꼭 갚겠다고 약속했다. 작고 습한 방에 처음 들어섰을 때는 마치 세상이 나를 밀어내는 것 같았다. 그러나 이내 그것이 나만의 세상을 만들어줄 출발점임을 깨달았다.

주민센터 사회복지사의 도움으로 생활비와 주거비 등을 지급받을 수 있었다. 적은 돈이었지만 천 원짜리 한 장이 아쉬웠던 내게는 그야말로 단비 같은 돈이었다. 대한민국이 '헬'이 아니라는 걸 나는 그때 알았다. 가난한 사람은 병원비도 공짜라고 했다.

처음엔 이런 곳에서 어떻게 지내나 싶었는데, 살다 보니 반지하 단칸방은 고3 수험생인 나에게 최고의 독서실이었다. 낮에도 어둡고 밤에는 더욱 어두웠다. 방에서 할 수 있는 일이라곤 공부밖에 없었다. 전에는 내 방에서 공부하다 말고 넓은 침대에 누워 뒹굴기 일쑤였지만, 이젠 뒹굴거릴 침대조차 없었다. 차고 습한 바닥에서 뒹구는 것보단 공부하는 게 훨씬 더 나았다. 방 안의 적막함은 내게 집중을 강요했고, 책상 앞에 앉아 있는 시간이 늘어날수록 나는 점점 더 책에 몰입했다.

그동안 다녔던 입시 대비 학원을 더는 다닐 수 없었다. 학원비를 감당할 수 없었으니까. 하지만 상관없었다. 공부 목적보다는 아버지, 그 여자와 함께 집에서 머무는 시간을 줄이려고 방과 후 학원에서 시간을 보냈을 뿐이었다. 학원에서 제공하는 개인 맞춤형 입시 전략 같은 것도 내겐 필요 없었다. 어차피 내가 갈 대학은 이미 정해져 있었으니까.

사실 나는 독서실에서 혼자 공부하고 싶었지만 아버지가 허락하지 않았다. 아버지 왈,

"내가 학교 다닐 때, 독서실 다니던 친구들 말이야. 거기선 잠만 자고, 밤엔 어울려 술 마시고 담배 피우며 허송세월하다가 대학 다 떨어졌어."

나를 그토록 미워했던 아버지였지만, 그래도 자기 자식이 대학에 낙방하는 건 싫었던 모양이다.

아버지는 나를 몰라도 너무 몰랐다. 어차피 나는 어울려 지낼 친구가 없었다. 학교에서 나는 늘 혼자였다. 왕따를 당한 게 아니었다. 친구들과, 아니 다른 아이들과 어울리지 않

고 조용히 지냈다. 혼자 공부하고, 혼자 놀고, 뭐든 혼자 하는 게 좋았다. 사교육에 관해서는 온라인 입시교육 플랫폼의 강사들, 그러니까 인강 강사들이 내 최고의 학원 선생이자 과외 선생이었다.

학원에서도 나는 독서실처럼 꾸며진 자습실에서 혼자 공부했다. 수업은 듣고 싶을 때만 들었다. 학습 분위기를 해친다는 이유로 학원장은 이런 나를 탐탁지 않아 했지만, 잔소리는 하지 않았다. 매달 아버지가 고액의 학원비를 따박따박 지불했고, 내 성적이 넘사벽 수준으로 우수했기 때문이었다.

어릴 때부터 혼자 책을 읽고 공부하는 습관이 제대로 자리 잡았던 나는 이미 오래전에 스스로 공부하는 법을 터득했다. 고등학교 내내 내신 1등급을 놓친 적이 없었고, 전국 모의고사에서도 항상 1등급이었다.

아버지가 세상을 떠난 그해 겨울, 나는 서울대학교 사범대학 교육학과에 장학생으로 합격했다. 교육학을 전공으로 선택한 이유는 교육공학을 공부하고 싶었기 때문이었다. 공부는 내 유일한 취미이자 특기였다. 나는 이 특기를 살려 공부 잘하는 방법을 학문적으로 연구하고, 그것을 세상에 널리 알리겠다는 야무진 목표를 가지고 있었다.

서울대학교 합격증을 받은 직후, 나는 과외를 시작했다. 학생의 소개와 학부모의 추천이 꼬리를 물며 이어졌고 점점 많은 학생들을 가르치게 되었다. 과외를 시작한 지 4개월 만에, 이자까지 넉넉히 붙여 작은아버지에게 빌린 돈을 갚았다. 이듬해 봄에는 반지하를 벗어나 햇살이 잘 드는 오피스텔 원룸으로 이사했다. 침대도 새로 들였다.

새 집에서 맞이한 첫 아침, 따뜻한 햇살이 쏟아지는 침대에 걸터앉아 아메리카노를 홀짝이며 나는 생각했다.

'인생, 살 만하네.'

그러나 사실 꼭 그런 것만은 아니었다.

나는 종종 무거운 죄책감에 시달렸다. 사진으로만 볼 수 있었던 어머니는 젊고 예뻤다. 그런 어머니가 나 때문에 죽었다. 아니, 내가 어머니를 죽였다. 아버지도 죽었다. 어머니가 살아 있었더라면 아버지가 새 여자를 집에 들일 이유가 없었을 테니, 어찌 보면 아버지도 내가 죽인 셈이었다.

내가 태어나지 않았더라면, 그러니까 어머니가 나를 포기했더라면 어머니도 살고 아버지도 살았을 것이다. 그리고 나 다음에 태어났을 동생과 함께 오순도순 지내며 윤택하게 살고 있겠지. 나는 비극의 씨앗이었고 가정 파괴범이었다. 그런 생각이 들 때마다 내 가슴은 무거운 돌덩이를 얹은 듯 답답했다.

이러한 죄책감이 나를 지배하는 날이면, 심연처럼 깊고 검푸른 우울감에 빠졌다. 정말이지 죽고만 싶었고 나를 세상에 태어나도록 한 신을 죽도록 원망했다. 그때마다 나는 수면유도제를 먹고 잠을 깊이 잤다. 그래야만 한동안 죄책감에서 벗어날 수 있었다.

생명 끝에서의 재회

엄마를 만났다. 엄마는 아기를 품에 안은 채 울고 있었다.
"엄마, 왜 울어?"
여섯 살 내가 물었다. 그러자 아버지가 나를 노려보았다.

눈을 떠보니 낯선 곳에 누워 있었다. 몸을 움직일 수 없었다. 입에 재갈이 물린 것 같았고, 목구멍 깊숙이 무엇인가 박혀 있는 것 같아서 답답했다. 문득, 아버지가 죽기 전에 생명을 의지했던 인공호흡 장치가 떠올랐다. 사타구니 사이에도 무엇인가 박혀 있는 느낌이 들어 몹시 불쾌했다.

고개를 들려고 했지만 들리지 않았다. 간신히 눈알만 굴려 주위를 살폈다. 흐릿한 시야 너머로 보이는 글자.

중환자실. 절대 안정.

'내가 왜 여기…?'

머릿속이 텅 빈 듯 아무것도 떠오르지 않았다. 그때 어디선가 다급한 여자 목소리가 들렸다.

"선생님! 함지훈 환자 깨어났어요!"

나는 다시 깊은 무의식 속으로 빠져들었다.

*

엄마를 만났다. 엄마는 아기를 품에 안은 채 웃고 있었다.

"엄마, 왜 웃어?"

여섯 살 내가 물었다. 그러자 아버지가 나를 노려보았다.

시끄러운 소리에 눈을 떴다. 흰색 가운을 입은 사람들 대여섯 명이 나를 둘러싼 채 알아들을 수 없는 대화를 나누고 있었다.

"에이에스티, 에이엘티 수치는 좀 어때?"

"양호합니다. 빌리루빈 수치도 개선되고 있습니다."

'의사? 병원?'

내가 왜 이곳에 누워있는지 도무지 기억나지 않았다. 머리는 무겁고, 몸은 마치 내 것이 아닌 듯했다.

무리 중 가장 나이가 많아 보이는 대머리 의사가 내게 말했다.

"함지훈 씨, 기분은 좀 어때요?"

'이 상황이 어떤 상황인지 설명을 좀 해 주세요.'

나는 이렇게 말하려고 했지만, 입술 사이로 쉭쉭 바람 소리만 새어 나왔다. 기분은 아주 끔찍했다.

"수술은 잘 됐습니다. 걱정 안 하셔도 돼요. 동생도 건강합니다."

대머리 의사가 덧붙였다.

'수술? 동생? 이 양반이 도대체 무슨 소리를 하는 거지?'

나는 영문을 몰라 눈만 깜박였다. 그러자 무테안경을 쓴 젊은 남자 의사가 나를 대신하듯 말했다.

"환자가 아직 의식이 온전하지 않아서, 수술받은 사실을 모르고 있을 겁니다."

"그래? 그럼 자네가 잘 설명해 드려."

"예, 알겠습니다."

곧 그들은 병실을 우르르 빠져나갔다.

나는 무슨 일이 벌어졌는지 이해하기 위해 안간힘을 써야 했다. 그러나 머릿속은 여전히 안개 속을 헤매는 듯했다.

링거의 수액을 교체하는 간호사에게 내가 말했다.

"내가 왜 이러고 있는지 설명 좀 해 주세요."

내 말을 못 들었는지 그녀는 대답은 고사하고 내게 눈길조차 주지 않았다. 내가 듣기에도 다 죽어가는 목소리였으니 그럴 만했다. 나는 있는 힘을 다해 링거 바늘이 꽂힌 팔을 흔들었다. 팔이 서너 번 꿈틀거리자 간호사가 말했다.

"환자분, 어디 불편하세요?"

"내가 왜 이러고 있는지 설명을 좀 해 주세요."

그녀가 내 입에 귀를 들이대며 말했다.

"뭐라고요?"

"내가 왜 이러고 있는지 설명해 달라고요."

"정말 아무것도 기억 안 나세요?"

"네, 전혀…."

"간이식 수술을 받으셨어요."

"간…이식…?"

"예, 자세한 건 이따가 전공의 선생님이 다시 와서 설명해 주실 거예요."

간호사는 더 이상 내게 질문할 기회를 주지 않고 의료용 카트를 밀며 바쁜 걸음으로 병실을 나가버렸다.

병실은 고요해졌다. 머리 위에서 기계음이 일정한 리듬으로 울렸고, 링거 수액이 한 방울씩 천천히 떨어지는 소리가 귓가에 맴도는 것 같았다. 간호사가 남기고 간 '간이식'이라는 단어가 계속 머리를 울렸다.

'어제까지만 해도 멀쩡했는데 간이식이라니, 이게 도대체

무슨 황당한 상황인가.'

누군가 내 머릿속에서 내 삶의 중요한 조각들을 도려낸 듯한 기분에 사로잡혔다.

'도대체 무슨 일이 있었던 거지?'

나는 이곳에서 눈을 뜨기 전의 마지막 기억을 떠올리려고 애썼다. 그러나 아무 소용없었다. 온갖 잡생각만 머릿속을 휘젓고 다녔다.

'기억상실증에 걸려 버렸나?'

덜컥 겁이 났고 팔과 등에 소름이 돋는 걸 느꼈다. 나는 흥분한 말초신경을 가라앉히려고 천천히 숨을 골랐다. 그러자 소름이 가라앉음과 동시에 중요한 사실 하나가 생각났다.

'e러닝 교수설계자. 온라인 학습 콘텐츠와 프로그램을 기획하고 개발한다.'

내 직업과 그동안 내가 진행했던 프로젝트들에 대한 기억은 또렷했다. 다른 기억을 다 잃었더라도 앞으로 먹고살 걱정은 안 해도 될 것 같아서 그나마 다행으로 여겼다.

대학 졸업 후, 나는 중고등학교 시절 열심히 인강 수업을 들었던 온라인 입시교육 플랫폼 기업에 취업했다. 공채 시험에서 최고 성적으로 합격한 나는, 강력히 어필한 덕분에 회사의 핵심 부서인 교수설계부로 발령받았다. 학습 콘텐츠와 프로그램을 기획하고 설계, 개발하는 부서로 회사의 중추적인 역할을 담당했다.

나는 그곳에서 4년간 실무 경험을 쌓은 뒤 독립하여 1인 기업을 설립했다. 프리랜서 교수설계자로 활동을 시작한 것이었다. 원대한 포부가 있어서 회사를 그만둔 건 아니었다. 여러 사람들과 한 팀으로 얽혀 일해야 하는 업무 환경은 어려서부터 독고다이로 살아온 나에게 고역이었다. 겉으로는 서로 배려하고 격려하는 화기애애한 분위기였지만, 속을 들여다보면 시기와 질투로 가득했다. 그런 사람들과 한 식구처럼 매일 얼굴을 맞대며 지내는 게 점점 버거워졌다.

회사를 그만두기로 결심한 직접적인 계기는 팀에서의 불화였다. 내가 기획한 학습 프로그램이 회사 내에서 혁신적이라는 평가를 받았지만, 이를 두고 공이 누구에게 먼저 돌아가야 하는지를 두고 갈등이 생겼다. 팀워크라는 이름 아래 나의 노력을 깎아내리는 상황을 견디기 어려웠다.

그렇다고 회사 생활이 전부 고통스러웠던 건 아니었다. 교수설계 업무 자체는 재미있었고, 직속 상무로부터 '일당백'이라는 칭찬을 받을 만큼 나는 능력을 인정받았다.

혼자가 된 뒤 처음엔 일을 구할 수 없어서 손가락만 빨았다. 온라인 입시교육 플랫폼 업계의 1위 기업에서 근무했던 이력 말고는 내가 내세울 이력과 성과가 전혀 없었기 때문이었다. 나를 믿고 일을 맡겨 줄 곳은 당연히 없었다. 고민 끝에 나는 반값 전략을 선택했다. 그마저 결과물이 마음에 들지 않으면 돈을 받지 않겠다는 특약 조항을 써넣은 계약서를 들이밀었다.

첫 프로젝트는 대치동 입시 학원의 맞춤형 학습 콘텐츠 개발이었다. 이 작업에서 나는 학습자 분석부터 콘텐츠 제작까지 전 과정을 책임지며, 학부모와 학생들로부터 직접 피드백을 받았다. 그 경험은 이후 나를 성장시키는 중요한 밑거름이 되었다.

처음엔 반신반의하며 내게 일을 맡겼던 고객사 관계자들은 다른 프리랜서 교수설계자에 비해 비용은 절반인데, 결과물의 품질은 최고 수준이라는 사실을 알게 되었다. 업계에 이 소문이 퍼지면서 혼자 일하기 시작한 지 1년쯤 지났을 때부터 나는 일을 골라서 해야 할 만큼 바빠졌다.

저렴한 비용과 탁월한 품질, 거기에 더해 마감일을 정확히 지키는 내 방식에 적응된 고객사들은 다른 프리랜서 교수설계자와는 더 이상 일할 수 없었다. 나는 계약서상 '을'이었지만 실질적으로는 '갑'이었다. 당연히 내 몸값은 뛰었고 더 이상 반값 계약서를 들이밀며 사정하듯 흥정할 필요도 없어졌다. 그럼에도 나는 경쟁자보다 늘 저렴한 비용을 제시함으로써 갑의 지위를 유지했다.

그나저나 할 일이 산더미 같은데 나는 왜 병원에 누워 있는 걸까? 논점으로 돌아온 나는 다시 기억을 더듬기 시작했다. 한참 동안 쓸데없는 기억의 찌꺼기를 걸러낸 끝에, 고객사에 방문해 신규 프로젝트 방향을 논의하기 위해 미팅을 가졌던 일이 떠올랐다. 그것이 내가 기억할 수 있는 마지막 순간인 것 같았다.

미팅이 끝난 뒤 곧바로 집으로 갔던 것 같은데…. 잠시 후, 그날의 일이 퍼즐 조각처럼 하나씩 떠올랐다.

지하철을 타고 집에 가는 중이었다. 그런데 갑자기 숨이 가빠지기 시작했다. 호흡이 곤란할 정도로 숨이 막혔다. 곧 아무리 애를 써도 숨이 쉬어지지 않았다. 이러다 정말 죽겠다는 생각이 들었고, 기억은 거기서 끊겼다. 깨어나 보니 병실에 누워 있었다.

나는 상상의 나래를 펼쳤다. 전동차 안에서 내가 쓰러졌겠지. 그걸 본 누군가가 심폐소생술을 했을 거야. 또 다른 누군가는 119에 신고했겠지. 나는 구급차에 실려 병원으로 왔을 거야. 그런데 웬 간이식? 숨이 막혀 쓰러졌는데 폐이식도 아니고 간이식이라니…. 동생은 또 뭐야? 그 여자의 자식, 도훈을 말하는 건가?

도훈에 대한 내 기억은 그의 아홉 살 때 모습에서 멈춰 있었다. 그마저도 희미하여 도훈의 얼굴이 잘 떠오르지 않았다. 연락하지 않은 지는 10년이 넘었다. 설마 그 꼬마의 간을 떼어서 내 몸에 심었다는 건 아니겠지?

이런 생각이 꼬리를 물자, 나는 더 이상 버틸 수 없을 만큼 답답해졌다. 도대체 무슨 일이 벌어진 건지, 정확한 사실을 알고 싶어 미칠 것 같았다.

그때 어디선가 그렁그렁, 코 고는 소리가 들려왔다. 병실에 나 혼자 있는 줄 알았는데…. 몸을 일으킬 수 없어서 고개만 겨우 돌려 소리가 나는 쪽을 바라보았다. 병실 구석 간이침대에서 낯선 중년 여자가 새우잠을 자고 있었다.

'저 아줌마는 또 누구야?'

당장 잠을 깨워서 물어보고 싶었지만, 목소리에 힘을 줄 수 없었고 몸을 움직일 수도 없었다. 어쩔 수 없이 여자가 스스로 깨어나기를 기다리는 수밖에 없었다.

30분쯤 지났을 때, 여자가 자리에서 일어나 주섬주섬 잠자리를 정리했다. 내가 간신히 고개를 들어 바라보자 그녀가 다가와 물었다.

"어디 불편해요?"

"아주머니는 누구신데 여기서 주무세요?"

나는 최대한 큰 소리로 말하려고 했지만 모기 소리처럼 앵앵거릴 뿐이었다. 어쨌거나 그녀가 내 말을 알아들었다.

"아이고, 젊은 사람이 참 딱하네. 어제도 물어보더니만 아직도 정신이 오락가락하는가 봐."

그녀는 쯔쯔쯔, 혀를 차며 이어 말했다.

"나는 간병인이에요. 환자분이 어제 안 좋은 꿈을 꿨는지

밤새 끙끙대고 식은땀을 흘려서, 내가 잠을 한숨도 못 잤네요. 그래서 나도 모르게 그만 잠이 들었나 봐."

"간병인이요? 그럼 제가 왜 여기 누워 있는지, 무슨 수술을 받았는지 아시겠네요. 아는 대로 설명 좀 해 주세요."

"그러니까 그게 거시기…."

그때 누군가 병실 문을 열고 들어오며 말했다.

"지훈아, 이제 좀 살 만하니?"

아까 회진 때 내 상태를 대머리 의사에게 설명했던 무테안경을 쓴 젊은 남자 의사였다.

'이 친구가 나를 언제 봤다고 반말이야?'

나는 어안이 벙벙해 그를 멍하니 바라보기만 했다.

"왜 그런 눈으로 봐. 나 기억 못 하겠어?"

그가 환하게 웃으며 말했다.

'???'

"나, 유성이다. 우리 같은 고등학교 다녔잖아."

'유…성? 아…! 내가 아는 그 유성?'

그러고 보니 아까 낯이 좀 익는다고 생각하긴 했다.

"안유성?"

"그래 인마. 내가 네 담당 전공의다."

서글서글한 인상에 둥글둥글한 생김새, 무테안경 너머로 온화한 눈빛을 지닌 유성은 편안하고 신뢰감 있는 분위기를 풍겼다. 고등학교 시절에 비하면 훨씬 세련된 모습이었지만,

그때의 순박한 인상은 그대로 남아 있었다. 고등학교 때 그와 같은 반이었던 적은 없었다. 하지만 고3 때 우리는 진로상담실에서 종종 마주쳤고 시답지 않은 대화를 나눴던 기억이 어렴풋이 떠올랐다. 그때 나는 문과 1등이었고, 유성은 이과 1등이었다.

"반갑다, 유성아. 지금 이 상황에 대해 설명 좀 해 줘. 답답해 죽겠어."

나는 미소를 지으려고 얼굴에 힘을 주며 말했다.

유성이 해 준 이야기는 이랬다.

13일 전, 나는 의식을 잃은 채 응급실로 실려 왔다. 각종 검사 끝에 '급성 A형 간염' 진단을 받았고, 매우 드문 경우였지만 간염이 급성 간부전으로 발전해 간이 완전히 망가졌다. 당장 간 이식을 받지 않으면 사망할 수도 있는 상태였다.

간 기증자를 조속히 찾아내야 했고, 가장 먼저 가족 중에 적합한 사람이 있는지 확인해야 했다. 경찰에 의뢰해 가족관계를 조사한 끝에 동생과 연락이 닿았다. 동생은 간 이식 적합성 검사를 받았고, 검사 결과 적합 판정이 나오자 수술대에 올랐다.

간담췌외과 과장, 그러니까 아까 그 대머리 의사가 이식 수술을 집도했고 간담췌외과에서 전공의 수련 중인 유성도 수술에 참여해 어시스트했다. 수술 후에도 내 의식이 돌아오지 않았는데, 이틀 전 새벽에 의식을 회복했고 건강 상태도 호전되어 중환자실에서 일반 병실로 옮겨졌다.

나는 이곳에 누운 지 하루이틀쯤 지난 줄 알았는데 보름 가까이 숨만 겨우 쉬며 생명을 유지했던 것이었다.

기가 막혔다.

어머니는 나 때문에 급성 간부전으로 죽었다. 아버지는 그 여자 때문에 간암으로 죽었다. 내 가족을 겨냥한 신의 장난은 그것으로 끝난 줄 알았다. 그런데 그게 아니었다. 이번엔 내가 급성 간부전으로 죽다가 살아났다. 그것도 도훈의 간 일부를 떼어 내 뱃속에 심어서 말이다.

"네 동생 도훈 씨가 연락받고 바로 병원에 왔어. 적합 판정이 나자마자 고민도 없이 수술에 동의하더라."

유성의 말에 나는 한동안 입을 다물었다. 만약 수술 도중 도훈이 죽었다면? 나중에라도 도훈에게 무슨 일이 생긴다면? 나는 어머니에 이어 동생마저 죽인 사람이 되고 만다.

어머니와 아버지를 죽인 신은 왜 나를 죽이지 않고 살려둔 걸까? 도훈의 간에 의지해서 살고 싶을 만큼 목숨에 대한 애착이 없는 나를, 차라리 그냥 죽게 내버려두지. 도대체 왜?

나는 신을 저주했다.

유성이 끝으로 말했다.

"동생은 아무 문제 없이 회복 중이니까 걱정하지 마."

그 말은 가벼운 위로처럼 들렸지만, 나에게는 도저히 가벼울 수 없는 무게로 내려앉았다. 나는 아무 말도 하지 못하고 천장을 바라보며 깊은 숨을 들이마셨다. 침묵 속에서 도훈의 얼굴이 흐릿하게 떠올랐다. 내가 마지막으로 보았던 도훈의 아홉 살 얼굴이 어떻게 변했을지 상상조차 되지 않았다.

*

도훈을 만나야 했다. 도훈은 옆 병실에서 치료를 받고 있고 혼자 걸을 수 있을 만큼 빠르게 회복 중이라고 했다.

"동생을 봐야겠어."

내가 이렇게 말하자 유성은 병실을 나갔다. 곧 병실 문이 다시 열렸고 도훈이 들어왔다. 그 꼬마를 보자 나도 모르게 눈물이 쏟아졌다.

나는 원망하듯 말했다.

"왜 네가? 뭣 때문에? 내가 너한테 뭐라고?"

도훈은 대답 대신 어릴 적 해맑은 미소를 지어 보였다. 그 미소는 모든 상황을 이해한다는 듯, 혹은 자신의 결정을 후회하지 않는다는 확신을 담고 있는 듯 보였다.

우리는 시간 가는 줄 모르고 이야기를 나눴다. 지난 30년을 살아오는 동안 내가 누군가와 이렇게 오랜 시간 대화해

본 건 처음이었다. 사적인 대화를 30분 이상 해 본 기억조차 없었다.

그 여자, 그러니까 도훈의 어머니는 자식이 셋이나 딸린 17세 연상의 남자와 재혼했다. 그는 골프장과 관광호텔을 소유한 사업가라고 했다. 별다른 노력 없이 반반한 얼굴과 꾀꼬리 같은 노래 실력으로 높은 곳에 오르는 재주. 역시 그녀다운 선택이었다.

새 가족은 도훈을 투명인간 취급했고, 도훈은 자기 어머니에게조차 찬밥 신세였다. 도훈의 말투는 담담했지만, 그 안에 억누른 상처가 고스란히 배어 있었다. 사실상 그는 고아나 다름없는 처지였다.

그런 척박한 가정 환경에서도 도훈은 성실하게 학창 시절을 보냈다. 교사가 될 생각으로 사범대학에 진학한 뒤 집을 나와 3년째 혼자 살고 있다고 했다. 그동안 그 여자와 연락을 주고받은 적이 없었고, 경제적 도움 역시 전혀 받지 않았다. 그동안 학비와 생활비는 과외와 학원 강의로 해결해 왔다고 했다.

나는 고아였고, 사범대학을 다녔고, 과외로 학비와 생활비를 해결했다. 도훈은 과거의 나와 너무도 비슷한 삶을 살고 있었다. 아버지를 공유했던 나와 도훈은 이제 신체 일부까지 공유하게 됐다. 도훈 덕분에 내가 살아났으니, 어쩌면 우리는 생명까지 공유한 셈이었다.

그렇다면 나와 도훈은 비슷한 운명을 타고난 걸까?

다만, 우리에게는 큰 차이점이 있었다. 친구를 만들지 않는 나와 달리, 도훈에게는 친구가 많았다. 도훈이 입원해 있는 동안 많은 친구들이 병문안을 왔고, 그때마다 도훈은 친구들을 내게 소개했다. 그들의 밝은 웃음과 도훈을 대하는 태도는 도훈의 삶이 얼마나 긍정적인 관계들로 채워져 있는지를 보여주었다.

며칠 후, 도훈이 퇴원했고 나는 한 달 정도 더 병원에 머물렀다. 그 뒤로 하나뿐인 동생이자 생명의 은인인 도훈과 함께 살기 시작했다. 내 힘으로 장만한 20평대 아파트는 우리가 함께 살기에 부족함이 없었다.

유성과는 빠르게 친해졌다. 그럴 수밖에 없었다. 유성은 마치 내가 그의 가족인 것처럼 매일같이, 수시로 병실을 드나들었다. 그는 담당 의사로서뿐만 아니라 친구로서 나를 따뜻하게 돌봐 주었다. 비번인 날에는 아예 병실에서 살다시피 했다. 나는 지금껏 그런 관심과 돌봄을 받아본 적이 없었다.

서른 살이 되도록 나는 의도적으로 친구를 만들지 않았다. 어쩌다 친구가 생겨도 스쳐 지나가는 인연으로만 여겼다. 얼굴을 볼 일이 없어지면 연락도 끝이었다. 살면서 친구의 필요성을 느낀 적이 없었다. 연애는 당연히 한 번도 해 본 적 없었고, 앞으로도 할 생각이 전혀 없었다.

이런 나였기에 처음에는 유성의 호의가 불편했다. 불편함을 넘어 부담스럽기까지 했다. 하지만 나도 사람이었다. 유성의 진심 어린 태도에 결국 마음이 녹아들지 않을 수 없었다. 그의 태도는 나 스스로 마음을 열게 만들었다.

우리는 고교 시절부터 지금까지 살아온 이야기를 서로 나누었다.

유성은 한동안 의과대학 생활에 적응하지 못해 방황했었다. 전공이 적성에 맞지 않는다는 생각이 들었기 때문이었다. 하지만 딱히 다른 전공에 흥미가 생긴 것도 아니어서 혼란스러웠다고 했다. 고민 끝에 유성이 선택한 건 군대였다. 졸업 후 군의관으로 가야 한다는 아버지의 반대를 뒤로하고, 그는 예과 2년도 마치지 못한 채 사병으로 군에 입대했다.

군 복무를 하는 동안 그는 자신의 미래에 대해 많은 생각을 했다고 했다. 의사라는 직업을 포기한다면 훗날 크게 후회할 것 같다는 결론에 이르렀고, 전역 후 학과 공부에 전념했다. 지금은 모교 병원에서 전공의로 수련 중이었다.

결혼은 아직 안 했다. 고등학교 때 짝사랑했던 친구가 있었는데 그 친구보다 더 마음을 줄 만한 여자를 아직 만나지 못했다고, 유성은 수줍은 표정으로 말했다.

어쩌다 보니 나도 내 이야기를 전부 털어놓았다. 어머니와 아버지, 그 여자와 도훈에 대한 이야기까지 모두. 그날 이후 유성은 나의 유일한 친구이자 가장 절친한 사람이 되었다.

퇴원 후, 내 담당 주치의가 간내과 전문의로 바뀌었다. 나는 죽는 날까지 면역억제제를 복용해야 했기 때문에 정기적으로 병원에 들러 진료와 검진을 받아야 했다. 그때마다 잠깐이라도 유성을 만났다. 시간이 허락하면 함께 밥을 먹거나 차를 마시며 이야기를 나눴다. 유성이 전공의 수련으로 바쁜 탓에 겨우 틈을 내야 했고, 우리는 병원 내의 푸드코트와 카페를 벗어나지 못했다. 그러나 이러한 제약이 우리의 우정이 성장하는 걸 방해하진 못했다. 유성이 전공의 수련을 마친 뒤로는 그전보다 시간이 많아졌고, 우리는 병원 밖에서도 종종 만나게 되었다. 그렇게 우리는 점점 더 허물없는 친구 사이로 발전했다.

꿈에서 온 그녀

　간내과 외래 진료를 받으러 병원에 가던 중 유성에게서 카카오톡 메시지가 왔다.
　'진료실로 올 거니? 혹시 배 많이 고프면 푸드코트에서 먼저 먹고 있어. 12시 40분까지는 내려갈게.'

　세월이 유수와 같다. 옛 선인들이 남겼다는 격언은 말장난 같지만 틀린 말이 거의 없다.
　간이식 수술을 받은 지 5년이 지났다. 그동안 나는 수술 전과 별다를 것 없이 프리랜서 교수설계자로 바쁘고 루틴한 일상을 보냈다. 때로는 일이 많아 바쁘다는 사실 자체가 삶을 채우는 느낌을 주었다. 하지만 가끔은 문득 멈춰 서서 내가 어떤 길을 걸어왔는지 돌아보곤 했다. 나에게 있어 삶은 단순히 '어떻게 살아남을 것인가?'보다 '어떻게 채울 것인가?'라는 질문과도 같았다.

유성에게는 많은 변화가 있었다. 전공의 과정을 마친 유성은 전임의 과정을 거쳐 간담췌외과 전문의가 되었다. 이후 여러 차례 집도한 간이식 수술을 모두 성공시키며 병원 대내외적으로 실력을 인정받았다. 병원은 그를 국내 간이식 분야를 이끌어갈 젊은 의사로 소개하며 홍보했다. 그의 얼굴이 실린 병원 홍보 포스터를 볼 때마다 나는 친구로서 자부심을 느꼈다.

간내과 진료를 마치고 간담췌외과로 향했다. 유성의 진료실 앞 환자 대기석에 앉아 오전 진료가 끝나기를 기다렸다.

병원의 공기는 늘 그렇듯 차갑고 정제된 느낌이었다. 복도 끝에서 들려오는 약간의 소음과 간호사들의 낮은 대화 소리, 그리고 멀리서 들려오는 환자의 기침 소리가 묘한 긴장감을 자아냈다.

익숙한 자리였지만, 그날따라 이상하게 낯설고 불편한 기분이 들었다. 심지어 그 자리를 떠나고 싶을 만큼 불안하기까지 했다.

'피곤해서 그런 거겠지.'

나는 이렇게 생각하며 멍한 눈으로 주위를 둘러보았다.

간담췌외과 진료실은 모두 세 곳이었다. 오전 진료가 끝나갈 무렵이라서 대기 환자는 많지 않았다. 유성의 진료를 기다리는 환자는 두 명뿐이었다. 한 사람은 휴대폰을 들여다 보고 있었고, 다른 한 사람은 벽에 머리를 기댄 채 눈을 감고 있었다. 복도 중앙의 안내 데스크에서 진료 안내를 하던 간호사와 눈이 마주쳤다. 나는 얼른 눈을 피했다.

유성의 마지막 환자가 진료실로 들어간 지 4~5분쯤 지났을 때 복도 출입문이 열렸다. 짙은 선글라스와 마스크로 얼굴을 가린 여자가 간담췌외과로 들어왔다. 지나치게 대비되는 그녀의 옷차림이 자연스럽게 내 시선을 끌었다.
여자는 초여름 날씨와 전혀 어울리지 않는 버버리 반코트와 모직 바지를 입었고, 스카프로 목을 꽁꽁 감싸고 있었다. 그런데 맨발에 샌들을 신었다. 여러모로 특이한 행색의 여자였다.
그녀는 안내 데스크의 간호사와 잠시 대화하더니 힘없는 걸음으로 내 쪽으로 다가왔다. 유성의 환자인 것 같았다. 나는 시계를 보았다. 12시 26분. 오전 진료 시간이 끝날 때까지 4분도 채 남지 않았다.
그녀는 내 맞은편에 앉았다.
'빈자리가 널려 있는데 굳이 내 앞에 앉을 게 뭐람. 사람 참 불편하게 하네.'

내가 앉은 자리는 유성의 진료실에서 열 걸음 정도 떨어져 있었다. 진료실과 가까운 데 앉을 법도 한데…. 세상엔 성격 이상한 사람이 참 많다. 물론, 나도 그중 하나라는 사실을 부정하지 않는다.

나는 자리를 옮기고 싶었지만 엉덩이를 들기가 귀찮아 참았다. 시선을 둘 곳을 찾다가 만만한 휴대폰을 꺼내 들여다보기 시작했다.

그녀는 선글라스와 마스크를 벗어 핸드백 속에 넣었다. 그러고는 손목시계를 본 뒤 짧은 한숨을 내쉬었다. 나는 문득 그녀의 얼굴이 궁금해졌다. 살짝 시선을 들어 보았다.

의도치 않게 그녀와 눈이 마주친 순간, 나는 숨이 멎는 것 같았다.

그녀는 예뻤다. 그냥 예쁜 게 아니었다. 스타급 여배우의 뺨을 후려쳐도 용서받을 수 있을 만큼 예뻤다. 나이는 20대 중후반 정도. 나는 그녀가 알아채든 말든 힐끔거리며 그녀를 훔쳐보았다. 아마도 그녀는 사람들의 다양한 시선에 익숙할 것이었다.

강남 스타일? 압구정 스타일? 얼굴에 칼을 댄 것 같기도 하고, 아닌 것 같기도 하고. 성형을 했다고 보기엔 지나치게 자연스러운데. 성형외과에서 유행에 따라 붕어빵 기계로 찍어낸 듯 흔한 스타일의 얼굴도 아니었다. 그런데 어디가 아파서 간담췌외과에 왔을까? 그러고 보니 피부가 옅은 구릿빛이다. 유성의 환자라면 당연히 간에 문제가 있겠지.

　이러한 잡생각을 내 맘대로 하던 중 갑자기 등줄기를 타고 소름이 돋았다. 침을 꿀꺽 삼킨 뒤, 나는 그녀를 정면으로 바라보았다. 그녀는 나의 노골적인 시선을 피하지 않았다. 마치 "나도 내가 예쁘다는 걸 알아요."라고 말하듯 그녀는 나와 눈을 마주치며 미소를 지어 보였다.

　틀림없었다.

　그녀는 얼마 전 꿈에서 본 그 여자였다. 텅 빈 여객선 갑판 위에서 아기를 바다에 빠뜨린 듯 슬피 울다가, 입꼬리를 찢으며 섬뜩하게 웃던 여자. 그리고 남의 아기들을 바다로 집어 던졌던 바로 그 여자.

　그동안 나는 그 꿈을 잊고 지냈지만, 현실처럼 생생한 꿈이었기 때문에 꿈속 여자의 얼굴이 또렷이 기억났다.

　꿈에서 본 여자가 실제로 내 눈앞에 나타나다니. MBC의 '서프라이즈' 같은 B급 미스터리도 아니고, 이게 대체 무슨 일인가? 혹시 지금도 꿈을 꾸고 있는 건 아닐까?

　나는 허벅지를 세게 꼬집어 보았다. 너무 아팠다. 꿈이 아니었다.

　그 순간, 당장 이 자리에서 무슨 사고가 터질지도 모른다는 불안감이 가슴 깊은 곳에서부터 치밀어 올랐다. 나도 모르게 벌떡 일어섰다. 꿈에서 그랬던 것처럼 자리를 피해야 한다는 생각만 들었다. 나는 빠른 걸음으로 간담췌외과를 나왔다. 유리문이 닫히기 전 뒤돌아보니 그녀가 유성의 진료실로 들어가고 있었다.

아래층으로 향하는 에스컬레이터에 오른 뒤, 유성에게 카카오톡 메시지를 보냈다.

'푸드코트에서 기다릴게.'

*

사람들로 북적이는 푸드코트 한쪽 구석에 자리를 잡고 앉았다. 주변에는 다양한 음식을 들고 다니는 사람들이 서로 얽히고설켜 있었고, 각종 음식 냄새가 공기 속에 뒤섞여 있었다.

내 머릿속은 꿈에 관한 생각으로 가득 차 있었다. 여객선의 갑판, 그녀의 섬뜩한 웃음, 그리고 그 뒤를 따르던 비명과 소음. 전에는 개꿈이라고 생각했다. 생생한 개꿈. 하지만 지금은 다르게 느껴졌다.

'꿈에서 본 여자를 현실에서 만났다면, 꿈에서 일어난 사건도 현실에서 일어날 수 있는 게 아닌가?'

사람들은 이런 걸 '예지몽'이라고 부른다. 문과생 출신답지 않게 지극히 논리적이고 분석적 사고방식을 가진 나는, 예지몽이란 헛소리거나 착각 현상에 불과하다고 믿었다.

'그런 내가 예지몽을 꾸었다고? 그 여자가 자신의 아기를

바다에 잃고 나서 물귀신처럼 남의 집 귀한 아기들을 바다에 던져 죽인다고?'

아무리 생각해 봐도 말이 안 되는 스토리였다. 하지만 그 장면이 머릿속에서 떠나지 않았고, 마치 내가 유아 학살 사건의 방조자가 된 듯한 찜찜한 기분이 들었다. 만약 그것이 실제로 일어난 사건이었다면, 그리고 실제로 내가 그녀의 살인 행위를 막지 않고 바라보기만 했다면 나는 죄책감으로 괴로워했을 것이다.

아주 오래전부터 나는 어머니와 아버지가 죽은 이유가 나 때문이라는 생각으로 죄책감에 시달리곤 했다. 그런데 몇 년 전부터는 나와 전혀 상관없는 사람들이 겪은 비극에도 죄책감을 느끼기 시작했다.

서해에서 여객선이 침몰해 많은 사람들이 목숨을 잃었을 때, 내가 그 사건을 막지 못했다는 죄책감으로 괴로워했다. 가난한 모녀가 생활고에 시달리다 극단적 선택을 했다는 뉴스를 보았을 때, 내가 그들을 돕지 못해 죽음으로 내몰았다는 생각에 한동안 밥도 제대로 먹지 못했다.

내가 이러한 오지랖 같은 죄책감을 언제부터 느끼기 시작했는지 정확히 알 수 없으나, 간이식을 받은 이후인 것은 분명했다. 시간이 약이라고, 바쁜 일상을 살다 보면 쓸데없는 죄책감은 자연히 사라졌다. 하지만 그 녀석은 완전히 사라지지 않고 스토커처럼 내 주위를 배회하다가 또다시 나를 엄습하곤 했다. 그때마다 나는 마치 영혼이 갉아 먹히는 듯한 고통을 느꼈다.

이처럼 나와 무관한 사람들의 비극을 내 탓으로 여기는 증상에 대해 나 스스로 가벼운 '망상장애'라고 진단했는데, 유성의 권유로 그의 대학 동기인 정신과 전문의에게 진료를 받았다.

정신과 전문의는 '외상후스트레스장애'라고 진단했다.

나는 황당했다. 내가 이라크 전쟁에 참여한 것도 아니고, 이태원 참사 사건에서 살아남은 것도 아닌데 외상후스트레스장애라니. 어리둥절해하는 나에게 정신과 전문의는 이렇게 설명했다.

"어머니의 죽음에 대한 죄책감과 오랫동안 아버지로부터 받아온 비난이 외상으로 작용했을 가능성이 높습니다. 거기에 간이식 수술이라는, 생사를 오가는 경험까지 더해졌죠. 이러한 외상 경험이 신체적, 정서적 반응을 유발하기도 하고 죄책감이나 불안감을 초래할 수도 있어요."

그는 진단 과정에서 내 과거 경험들을 하나하나 짚어내며, 그것들이 어떻게 내 현재의 상태에 영향을 미쳤는지 상세히 설명했다. 그의 말은 논리적이고 일관성이 있었지만, 내 마음 한구석에는 여전히 인정하기 어려운 부분이 남아 있었다.

이후 나는 한동안 정신과 치료를 받았고, 다행히 나와 무관한 사건에 죄책감을 느끼는 빈도가 눈에 띄게 줄어들었다. 지난 1년 동안은 죄책감 증상이 한 번도 나타나지 않았다. 치료는 어느 정도 효과를 보았지만, 나는 여전히 삶의 한쪽에 어딘가 채워지지 않는 공백이 존재한다고 느꼈다.

오전 진료 시간이 끝난 지 20분이 지났는데도 유성은 나타나지 않았다. 병원의 점심시간은 이제 40분밖에 남지 않았다. 나는 설렁탕 두 그릇을 미리 주문했다. 설렁탕은 내가 좋아하는 음식이었고, 유성도 싫어하지 않았다.

설렁탕의 김이 모락모락 피어오르며 풍기는 고소한 냄새가 허기를 자극했다. 음식을 앞에 두고 5분쯤 지났을 때 유성이 테이블 맞은편에 털썩 앉으며 말했다.

"먼저 먹고 있지 그랬어. 오래 기다리게 해서 미안해. 예약 환자가 늦게 오는 바람에 진료가 밀렸어."

나는 이해한다는 뜻으로 말없이 고개를 끄덕였다. 내 안색이 안 좋아 보였는지 유성이 걱정스러운 표정으로 말했다.

"무슨 안 좋은 일이라도 있니?"

"아니, 별일 없는데."

"그런데 오늘따라 표정이 왜 그렇게 어두워? 말해 봐. 무슨 일이야? 혹시 간 수치가 또 안 좋게 나왔어?"

유성은 나를 알아도 너무 잘 알았다. 나는 좋고 싫은 감정을 표정으로 감추지 못하는 인간이었다. 꿈에서 본 여자를 현실에서 만났다면, 꿈에서 일어난 사건도 현실에서 일어날 수 있는 게 아닌가? 이러한 의문이 여전히 내 머릿속을 휘젓고 있었다. 무엇보다 그녀가 유성의 환자라는 사실 때문에 더 신경이 쓰였다.

"안 좋은 일이 있는 건 아니고, 할 이야기가 있기는 한데…."

꿈 이야기를 어떻게 풀어 내야 유성이 진지하게 받아들일까? 유성은 나 못지않게 논리적인 인간이었다. 더구나 과학적으로 입증되지 않은 예지몽 따위 현상을 의사인 유성이 믿을 리 없었다.

어디서부터 이야기를 시작해야 할지 몰라서 나는 숟가락을 들며 말했다.

"너 시간 없으니까 어서 밥부터 먹자. 국 다 식겠다."

나는 밥을 설렁탕에 말았다. 밥과 소면, 고기를 숟가락 가득 퍼서 입에 넣고 꾸역꾸역 씹었다. 유성은 그런 나를 가만히 바라보기만 했다. 나는 밥을 꿀꺽 삼키고 나서 깍두기를 입에 넣고 씹었다. 그때 유성이 말했다.

"사람 궁금하게 해 놓고 밥이 넘어가니?"

나는 숟가락을 내려놓고 유성을 바라보았다. 이 녀석도 나만큼 궁금한 걸 못 참는 인간이라는 사실을 깜박 잊고 있었다.

나는 물로 입안을 헹구고 냅킨으로 입술을 닦아낸 뒤 말을 꺼냈다.

"아까 진료실 앞에서 어떤 여자를 봤거든. 마지막으로 네 진료실로 들어가는 것 같던데."

"그 예쁘신 분?"

의사가 환자의 외모를 품평하는 듯한 표현을 사용하다니, 평소 유성답지 않은 말이었다. 그렇다고 해서 문제될 것도 없었다. 사실 '예쁘신'보다 그녀를 묘사하는데 더 적합한 표현을 나도 찾을 수 없었기 때문이었다. 그녀의 얼굴은 꿈속의 장면과 오버랩되어 내 기억 속에 깊이 새겨져 있었다.

내가 고개를 끄덕이자 유성이 말했다.

"그 환자가 왜?"

"그분은 어디가 아파?"

"간이 안 좋아."

'그럼 간이 안 좋으니까 너를 찾아왔겠지. 그걸 내가 몰라서 묻겠니?'

내가 표정으로 이렇게 묻자 유성이 말했다.

"더 자세한 건 말 못 해. 아무리 친한 친구라도 환자의 병력에 대해 말할 수 없다는 건 너도 알잖아."

사실 내가 그녀의 병력을 알아야 할 필요는 없었다. 중요한 건 꿈 이야기였다.

유성은 더 궁금해졌는지 재촉하듯 말했다.

"그런데 그 환자가 왜? 아는 사람이야?"

"그건 아니고 얼마 전에 꿈에서 봤거든."

"그 환자가 네 꿈에 나타났다고?"

"응."

"나는 또 뭐라고. 서로 아는 사이인가 했네."

"죽이더라고."

"죽이도록 예쁘긴 하지."

유성은 이렇게 말하고 나서 자기가 한 말이 스스로 재미있다는 듯 껄껄 웃었다.

"그런 게 아니라 꿈속에서 그 여자가 아이들을 죽이더라니까. 그것도 갓난아기들을."

유성이 웃다 말고 멈칫했다. 내용은 헛소리 같은데, 내 표정은 전혀 헛소리하는 표정이 아니었기 때문일 것이다. 물론 내용도 헛소리가 아니었다.

"남의 아기들을 바다로 던지더라니까. 꿈속에서 그 여자의 아이가 바다에 빠져 죽은 상황 같았는데, 내 아이가 죽었으니까 남의 아이도 죽어야 한다, 뭐 이런 상황인 것 같았어."

나는 꿈 이야기를 있는 그대로 털어놓았다. 이야기할수록 꿈속 장면이 머릿속에 더 선명히 떠올랐다. 특히 그녀의 광기 어린 웃음이 생생했다.

"꿈에서 본 여자를 실제로 만났으니까, 꿈에서 일어난 사건도 실제로 일어날 수 있지 않을까?"

이렇게 말하고 나니 나 스스로 황당한 기분이 들었다. 밥

먹을 시간도 부족한데 나는 왜 이런 말도 안 되는 소리를 늘어놓고 있는 걸까?

밥을 한술 뜨며 내가 말했다.

"그냥 밥 먹자. 내가 괜히 쓸데없는 말을 꺼낸 것 같네."

어쨌든 꿈 이야기를 털어 놓고 나니 후련해진 나와 달리, 유성의 표정은 심각해졌다. 유성은 입술을 오물거렸다. 뭔가 중요한 말을 꺼내기 전에 하는 그의 버릇이었다.

"사실은…." 유성이 조심스럽게 말을 꺼냈다. "나도 꿈에서 본 사람을 현실에서 만난 경험이 있기는 해. 나는 그게 우연의 일치일 뿐이라고 생각하지만 솔직히 정말 그런 건지는 잘 모르겠어."

나는 밥을 씹으며 가만히 유성을 바라보았다. 이번엔 유성이 꿈 이야기를 시작했다.

"6년, 아니면 7년 전이었던 것 같아. 전공의 시절이었는데…."

어느 무더운 여름밤, 유성은 처음 보는 남자가 섬뜩한 표정으로 자신의 목을 조르는 꿈을 꾸었다. 그 남자의 눈빛에는 분노와 광기가 섞여 있어 유성을 한순간에 얼어붙게 만들었다.

"앞뒤 맥락도 없어. 자고 있는 내 몸에 올라타더니 목을 조르는 거야. 그것도 내 눈을 똑바로 바라보면서. 나는 너무

무서워서 눈을 꼭 감아 버렸지."

유성은 꿈이라는 걸 의식했지만 가위눌린 것처럼 몸을 움직일 수 없었다. '곧 숨이 끊어지겠구나.'라고 느낀 순간 꿈에서 깨어났다. 깨어난 뒤에도 가슴이 쿵쾅거리고 식은땀이 온몸을 적셨다.

"꿈이 너무 생생해서 그 남자의 얼굴이 한동안 잊히질 않더라고."

얼마 후, 유성은 지방 의료원에서 열린 간이식 학회에 참석하기 위해 혼자서 고속버스를 타게 되었다. 그런데 버스에 올라타는 순간, 승객을 맞이하던 버스기사를 본 유성은 놀라서 뒷걸음질치다 그만 버스 계단에서 뒤로 넘어지고 말았다.

"버스기사가 꿈에서 내 목을 졸랐던 남자랑 똑같이 생긴 거야. 불안해서 그 버스를 탈 수가 없더라고."

다리와 손을 조금 다친 유성은 터미널 내 약국에서 의료용품을 구입하여 스스로 응급처치한 뒤, 1시간 늦은 고속버스를 타고 출발했다.

"그런데 말이야. 그날 저녁 뉴스에 버스 한 대가 고속도로에서 보복 운전을 당해서 큰 사고가 났다는 보도가 있었거든. 버스기사를 포함해 승객 4명인가 5명이 사망했고 다른 승객들도 크게 다쳤지. 그게 내가 처음에 타려던 버스였어."

유성은 잠시 말을 멈추고 물을 한 모금 마셨다. 그의 손이 약간 떨리는 게 보였다.

"그러니까 꿈이 너를 살린 거네."

"그렇다고 볼 수 있지. 믿고 싶진 않지만…."

그날의 기억으로 긴장했는지 유성은 이마에 맺힌 땀을 냅킨으로 닦아냈다. 그는 그 꿈에 관해서 누구에게도 이야기하지 않았다고 했다.

"말해 뭐 하겠어? 적어도 내 주변엔 그런 걸 믿을 사람이 아무도 없는데. 게다가 좋은 일도 아니었고."

유성의 꿈 이야기를 듣고 나자, 꿈속 여자에 관한 생각이 다시 밀물처럼 내 머릿속에 들어찼다. 유성도 예지몽을 꾸었던 경험이 있으니까 내가 신경 쓰는 바를 무시하지 못할 터였다. 게다가 그는 꿈 덕분에 목숨을 구하지 않았는가?

내가 진지한 표정으로 말했다.

"그 여자한테 뭐 특이한 점은 없어?"

"특이한 점?"

"응. 너한테 정확히 뭘 물어봐야 할지 모르겠지만, 그 여자가 다른 사람에게 해를 줄 만한 잠재적 위험 요인이 있는지 궁금해서…."

유성은 잠시 생각하더니 조심스럽게 입을 열었다.

"그 환자가 사실 뇌 건강에도 문제가 좀 있어. 우리 병원에서 정신과 치료를 꽤 오랫동안 받았거든. 도파민 전달 과정에 이상이 있다는 진단을 받았는데…. 그게 어떤 의미냐면

…."

 유성은 말꼬리를 늘이며 매듭짓지 못했다. 아무래도 환자의 병력에 대해 말하기를 주저하는 듯했다. 나는 뇌를 공부한 적이 있었다. 교육학 전공 과정에서 교육 심리를 배우는 동안 나는 뇌과학에 깊이 파고들었다. 그래서 뇌 건강과 정신질환 사이의 인과관계에 관해 조금은 안다.

 내가 눈치껏 말했다.

 "그 여자 혹시 조현병 있어?"

 "어? 응. 어떻게 알았냐?"

 유성은 놀란 표정으로 나를 쳐다봤다.

 "네 표정을 보고 넘겨짚었지, 뭐."

 조현병, 일명 정신분열증. 환각, 망상, 비논리적 사고 같은 다양한 증상으로 나타난다. 조현병을 가진 여자가 내 꿈에 나타나서 아기들을 죽였다고? 꿈속에서 일어난 터무니없는 사건에 약간의 개연성이 더해진 기분이었다.

 "심각한 상태는 아니야. 조현병이 완치가 어렵기는 하지만 증상이 심하지 않으면 꾸준히 관리만 해도 일상생활에 거의 문제가 없거든. 그리고…."

 유성은 잠시 뜸을 들인 후 낮은 목소리로 말을 이었다. 그의 얼굴은 약간 굳어 있었고, 목소리엔 미묘한 떨림이 섞여 있었다.

 "그 환자 곧 사망할 수도 있어."

"왜?"

"지금 환자 상태가 상당히 안 좋아. 하루빨리 간이식 수술을 받아야 하는데 가족이 없어. 몇 달 전부터 코노스(KONOS, Korea Network for Organ Sharing. 장기 및 조직의 기증과 이식을 촉진하고 관리하는 기관.)에 등록해 놓고 기다리는 중인데 공여자가 언제 나타날지도 알 수 없고. 그러니까 그 환자가 죽으면 죽었지 다른 사람을 죽일 수는 없으니까 네가 걱정 안 해도 돼."

유성은 내게 안심하라는 듯 말했지만 정작 자기 자신은 불안해 보였다. 그의 눈빛에는 복잡한 감정이 어른거렸고, 그의 손가락은 테이블 위를 무의식적으로 두드리고 있었다.

"나 점심시간 끝나간다. 이제 정말 밥 먹자."

유성이 숟가락을 들며 말했다. 그때 그의 휴대폰 벨이 울렸다. 그는 숟가락을 든 채 전화를 받았다. 통화하는 동안 유성의 시선은 내 두 눈 사이를 벗어나지 않았다. 그는 "네, 네."하며 고개만 끄덕였기 때문에 나는 통화 내용을 전혀 짐작할 수 없었다.

전화를 끊고 유성이 말했다.

"가 봐야겠다. 그 환자, 간이식 수술을 받을 수 있게 됐어. 공여자가 나왔다고 코노스에서 방금 연락이 왔대. 나 먼저 일어날 테니까 마저 먹고 가라. 오후 진료 끝나고 전화할게."

급히 일어서려는 유성에게 내가 말했다.

"그 여자, 꼭 살려야 해? 살려야 할 사람들이 줄을 섰을 텐데. 간이식 대기자들 말이야."

말을 뱉고 보니, 말도 안 되는 소리를 지껄인 것 같아서 나 스스로 바보가 된 느낌이었다.

"그 환자도 살려야 할 사람 중 한 사람이야. 공여자가 나타났고 그 환자가 1순위인데, 그걸 내가 어떻게 바꿔. 그냥 죽게 내버려둬? 그건 살인이야."

"그렇지만 그 여자가 실제로 죄 없는 아기들을 죽일 가능성이 있다면 재고할 필요가 있는 거 아니야?"

이런 젠장, 말도 안 되는 소리가 제 맘대로 입 밖으로 튀어나오는 걸 나는 도저히 제지할 수 없었다. 내 손은 테이블 아래로 내려가 주먹을 꽉 쥐었다.

"1순위 환자에게 공여할 수밖에 없어. 수술 자체가 어려운 상태이거나 환자가 거부하지 않는 한, 내 맘대로 이식을 포기할 수는 없다고. 그리고…."

유성은 말을 멈추고 물을 한 모금 마셨다. 그리고 말을 이었다.

"네 말은, 꿈속에서 여자가 아이를 잃었고 복수심이 생겨서 다른 아이들을 살해했다는 거잖아?"

"그렇지."

"생각해 보니까, 그 환자에게는 아이가 없어. 아직 결혼도 안 했고."

"뭐야, 그걸 왜 이제 말해? 진작 말할 것이지."
"아까 말한 것 같은데, 가족이 없다고."
"남편이 없다는 말은 안 했잖아."
"같은 말이잖아. 가족이 없으니 당연히 남편도 없지."
"배우자가 어떻게 가족이니?"

'배우자는 가족의 범주에 속하지 않는다.'라는 내 주장을 오래전부터 들었던 유성은 더 반박하지 않았다. 동의해서가 아니라 내 의견을 존중한다는 의미였다. 물론 포기한 것일 수도 있었다.

그 여자가 싱글이고 아이도 없다는 사실에 안도하며 유성과의 실랑이를 끝냈다. 그제야 내 몸을 떠났던 이성이 돌아왔다. 생각해 보니, 그녀가 내 꿈에 나타났다고 해서 내가 이렇게까지 큰 관심을 가질 이유가 전혀 없었다. 게다가 이제는, 진료실 앞에서 본 여자와 꿈속에서 본 그 여자가 정말 동일인이 맞는지도 의문이었다.

"너라도 밥 잘 먹고 가라."

유성이 식판을 들고 일어서며 말했다.

"내가 밥 먹으러 여기 왔니? 너 보려고 왔지. 식판은 내가 치울 테니까 그냥 두고 빨리 가 봐."

유성이 푸드코트 밖으로 나가는 걸 지켜본 후 나는 물 잔을 비웠다. 설렁탕은 이미 다 식어 버렸고, 국에 말은 밥알이 퉁퉁 불어 있었다.

꿈에서 온 그녀

푸드코트의 소음이 갑자기 낯설게 느껴졌다. 바삐 움직이는 사람들과 부딪히는 그릇 소리가 마치 다른 세상의 일처럼 느껴졌다.

"꿈은 꿈일 뿐이야."

이렇게 중얼거리며 나는 자리에서 일어섰다.

현실로 번진 악몽

그날 밤은 유난히 평온하다고 느꼈다. 오래된 고객사로부터 의뢰받은 e러닝 신규 콘텐츠 설계를 마감하고 나서 오랜만에 깊이 잠들었다.

다음 날 아침, 나는 식탁에 앉아 커피를 마시며 라디오 음악 방송을 듣고 있었다. 창문 너머로 들어오는 가을 햇살이 부드럽게 식탁 위를 비추었고, 커피잔에서 피어오르는 향기가 햇살과 조화를 이루었다.

커피잔을 비울 무렵, 삐- 소리와 함께 음악이 끊겼다. 곧 라디오에서 뉴스 속보가 흘러나왔다.

"오늘 오전 9시경, 대학병원 신생아실에서 방화로 추정되는 화재가 발생했습니다. 경찰과 소방은…"

유성이 근무하는 병원이었다. 가슴이 철렁 내려앉았다. 다행히 불이 크게 번지지는 않았지만, 유독 가스로 인해 신생아 5명이 죽었고, 간호사 1명이 중태에 빠졌다는 소식이었다. 방화 용의자로 추정되는 여성도 현장에서 사망했다. 경찰은 범행 동기를 조사 중이라고 했다.

"하… 미친년."

나도 모르게 탄식했다. 세상에는 태어나지 않았더라면 좋았을 사람이 너무 많다. 그런 인간들은 세상을 지옥으로 만들지 못해서 안달이다. 그들로 인해 선량하거나, 적어도 남에게 피해를 주지 않고 살아가는 사람들이 고통받는다.

나는 커피잔을 내려놓고 한숨을 내쉬었다. 유성에게 연락해야 했다. 그가 신생아실에서 사고를 당했을 가능성은 백만분의 일 정도밖에 되지 않겠지만, 어쨌든 무사한지 확인하고 싶었다.

휴대폰 액정을 밝혔다. 시간은 오전 11시를 막 지나고 있었다. 유성이 무사하다면 지금쯤 진료 중이거나 수술하고 있을 시간이었다. 전화를 걸어도 받지 못할 것이 뻔했다.

'오늘 너희 병원 신생아실에서 화재 사고가 났던데 너는 별일 없는 거지?'

카카오톡 메시지를 보낸 후 10분쯤 지났을 때 휴대폰 벨이 울렸다. 유성의 전화였다. 살아는 있네. 나는 일단 안도했다. 그런데 '뭐지? 이 시간에 얘가 어떻게 전화를…?' 이런 의문이 든 순간, 머리카락이 구둣솔처럼 곤두섰고 가슴이 두근거리며 손이 떨렸다.

20여 년 전 어느 날, 내 휴대폰에 '아버지' 세 글자가 떴다. 아버지가 나에게 전화를 거는 일은 거의 없었다. 자식에게 안부 따위를 묻는 사람이 아니었으니까.
'이 아저씨가 웬일이야? 나한테 전화를 다 하고….'
받을까 말까 잠깐 망설이다 통화 버튼을 눌렀다.
"여보세요?"
아버지가 말했다. 아니, 어떤 남자가 말했다. 아버지의 목소리가 아니었다. 누군가 아버지의 휴대폰으로 전화를 건 것이었다. 그는 병원 직원이라고 했다. 아버지가 의식을 잃고 쓰러져 구급차에 실려 응급실로 왔고, 아버지의 휴대폰에서 단축번호 1번을 눌렀다고 했다.
당시 나는 의아했다. 물론 지금도 의아하다.
'왜 아버지가 단축번호 1번에 내 번호를 지정해 뒀을까? 왜 그 여자의 번호가 아니라 내 번호였을까?'
며칠 후 나는 아버지의 장례식을 치렀다.

휴대폰에 뜬 세 글자, '안유성'을 바라보며 나는 생각했다. 유성은 지금 전화할 수 있는 시간이 아니다. 그렇다고 해서 다른 사람이 유성의 휴대폰으로 전화했을 리도 없다. 곰이

마늘 먹던 시절의 구형 휴대폰은 비밀번호 잠금을 했더라도 단축번호를 꾹 누르면 지정된 번호로 통화 연결이 가능했다. 그러나 스마트폰은 잠금 해제를 하지 않고 다른 사람이 사용하는 건, 내가 알기론 불가능하다. 설령 가능하다고 해도 부모와 형제를 끔찍이 생각하는 유성이 단축번호에 내 번호까지 지정해 뒀을 리 없다.

나는 떨리는 손으로 통화 버튼을 눌렀다.

"왜 이렇게 전화를 늦게 받아?"

유성의 목소리였다. 무사하니 다행이었다. 그의 목소리가 이렇게 반가울 줄이야. 안도감이 가슴 속에서 퍼지면서도, 그의 목소리에 담긴 긴장감이 뭔가 심상치 않은 일이 있음을 암시하고 있었다.

"이 시간에 웬일이야? 오늘 진료 없어?"

내가 물었다.

"그 여자였어."

유성이 다짜고짜 말했다. 유성은 나를 알아도 너무 잘 알았다. 전화는 용건 먼저. 전화 건 사람이 안부를 묻고 쓸데없는 이야기를 하다가 본론에 들어가는 걸, 나는 대단히 좋아하지 않는다. 아무리 그렇더라도 이렇게 훅 들어오면 내가 도무지 영문을 알 수 없지 않은가?

"그 여자였다니, 그게 무슨 소리야?"

우리 둘 사이에서 '그 여자'로 통할 수 있는 사람은 내가 고모라고 불렀던 그 여자밖에 없었다. 아버지를 죽음으로 몰아넣은 그 여자. 내가 그 여자 욕을 하도 많이 해서 유성도 그녀에 관해서는 나만큼 잘 알고 있을 것이었다.

유성은 대답하지 않고 잠시 침묵했다. 내가 다시 물었다.

"그 여자가 왜? 너한테 진료받으러 왔어?"

"무슨 소리야? 오늘 우리 병원 신생아실에 불 지른 사람이 바로 그 여자라고."

이건 또 무슨 개뼈다귀 같은 소리인가? 그 여자가 아무리 속물이고 막장 같은 인간이라도 그런 무모한 짓을 저지를 사람은 아니었다. 무엇보다, 세상은 넓고 즐길 게 많다는 인생관을 가진 그 여자가 자신의 인생을 스스로 골로 보낼 짓을 할 리 없었다.

"네가 말하는 그 여자가 대체 누구…."

순간, 머리털이 다시 곤두서는 바람에 나는 말끝을 잇지 못했다. 우리 둘 사이에서 '그 여자'로 통할 수 있는 또 다른 여자가 떠올랐다. 3년 전쯤 내가 꿈에서 보았던 그 여자. 유성이 간이식 수술로 목숨을 살려줬던 그 여자.

"아… 설마… 예전에 내 꿈에 나타났던 그… 네가 간이식 수술을 했던 그 예쁜 여자?"

나는 떨리는 목소리로 더듬거리며 말했다. 머릿속에서 복잡한 생각이 요동쳤다.

"미안해."

유성이 말했다. 도대체 내게 뭐가 미안하다는 건지 알 수 없었다. 그가 말을 이었다.

"그때 네 말을 들었어야 했어."

유성은 자책하는 것 같았다. 그때 그 여자를 꼭 살려야 하냐는 내 말을 심각하게 듣지 않고 간이식 수술을 했기 때문에 신생아들이 희생됐어, 라는 말로 나는 받아들였다.

논리적 사고를 가진 나는 당연히 그가 자책할 일이 아니라고 생각했다. 하지만 나도 모르게 유성의 가슴을 후벼 파는 말을 내뱉고 말았다.

"나한테 미안할 게 뭐 있어. 죽은 아기들한테 미안하면 몰라도."

아차 싶었다. 허물없는 친구일수록 말을 가려서 해야 한다. 그렇지 않으면 하나뿐인 친구를 잃을 수도 있다. 유성은 정말 미안해서가 아니라, 자책감으로부터 벗어나고 싶어서 내게 미안하다고 했을지도 몰랐다.

'네 잘못이 아니야. 의사로서 해야 할 일을 했을 뿐인데 그게 왜 네 잘못이야.'

아마도 유성은 이런 종류의, 그의 마음을 달래 줄 말을 듣고 싶었을 것이다. 그런데 나는 그게 아니라, 희생된 아기들에게 사과해야 할 일이라는 식으로 말함으로써 유성의 잘못을 인정해 버린 셈이 되었다.

대화가 잠시 끊겼고 나는 다시 머릿속에서 말을 정리하려고 애썼다. 유성의 호흡 소리가 점점 잦아드는 것을 들으며, 내가 상황을 수습해야 한다는 생각이 들었다.

 유성은 갑자기 흑흑, 소리를 내며 울기 시작했다. 나는 당황했다. 유성이 우는 걸 처음 보았기 때문이기도 했지만, 내가 그의 가슴에 치유되기 힘든 상처를 입혔다는 생각이 들었기 때문이었다.
 유성이 느끼는 자책감은 단순히 '내 탓에 아기들이 죽었어.' 수준이 아닌 것 같았다. 그것은 '내가 아기들을 죽인 것이나 다름없어.'라는 극단적인 죄책감으로 보였다.
 그동안 나는 유성을 잘 안다고 생각했다. 그는 의사라는 직업을 떠나서, 논리적이고 이성적인 사람 그 자체였다. 감정에 휘둘려 울고불고할 사람이 아니었다. 그런 그가 신생아실 방화 사건을 자기 탓으로 여기는 걸 나는 납득하기 어려웠다. 그는 마치 자신의 감정을 어떻게 다룰지 모르는 어린아이처럼 보였다.
 유성이 어떤 이유로든 그 여자의 간이식 수술을 포기했더라도, 다른 유능한 간담췌외과 전문의가 유성 대신 수술을 집도했을 것이다. 결과적으로 그녀는 99%의 확률로 살아남았을 것이고, 신생아실 방화 사건은 100%의 확률로 발생했을 것이다. 이는 피할 수 없는 일이었다. 그런데 유성은 스스로를 죄인으로 몰아붙이고 있었다.

현실로 번진 악몽

나는 문득 내가 겪었던 외상후스트레스장애가 떠올랐다.

'혹시 내가 겪었던 망상적 죄책감이 유성에게 전염된 게 아닐까?'

나를 진료했던 정신과 전문의는 외상후스트레스장애가 가까운 사람에게도 감정적 영향을 미칠 수 있다고 했다. 다시 말해, 마음에서 마음으로 전염될 수 있다는 것이었다. 그는 이러한 현상을 '감정적 전이' 또는 '스트레스 전이'라고 설명했다. 가족이나 친구 등 가까운 사람이 내가 겪는 고통을 목격하면서 불안감과 스트레스를 느끼게 되고, 이러한 경험이 장기적으로 정신 건강에 영향을 미칠 수 있다고 했다. 심지어 그들이 나와 유사한 증상을 보일 수도 있다고 했다.

내가 살고 있는 세상에서 가까운 사람은 도훈과 유성, 두 사람뿐이었다. 나는 도훈에게는 시시콜콜 사적인 이야기를 하지 않는다. 우리는 함께 살고 있지만 사실상 집 안에서 각자 생활하고 있었다. 꼭 이러한 사정 때문이 아니더라도 내가 겪는 감정적 어려움을 아홉 살이나 어린 동생에게 징징거리듯 털어놓을 순 없었다.

그러나 유성은 달랐다. 유성에게 나는 무엇이든 이야기했다. 그는 나에게 있어, 아낌없이 주는 나무 같은 존재이자 키다리 아저씨 같은 사람이었다. 유성은 내 이야기를 언제든 진지하게 들어주었고, 말 같지 않은 소리에도 '충분히 공감해.', '동의해.'라는 식으로 맞장구를 쳤다. 그게 립서비스가 아니라는 사실을 그의 눈빛에서 읽을 수 있었다. 내가 느끼는 불안과 죄책감을 유성이 오롯이 받아주었다고 생각했지만, 그 과정에서 그의 마음이 얼마나 무너져 내렸는지 나는 알지 못했다.

유성에게 무슨 말이든 해야 했다. 하지만 당장 유성이 우는 걸 방해하고 싶지 않았다. 아주 어렸을 때, 아버지에게 크게 혼났을 때를 제외하고는 나는 울어본 적이 없었다. 그마저 초등학교 4학년 이후로는 아버지가 혼내도 울지 않았다. 그 대신 눈을 크게 뜨고 아버지와 눈싸움을 했다. 하지만 힘든 일이 있을 때 한바탕 울고 나면 마음이 한결 가벼워진다는 걸 이론적으로는 알고 있었다.

유성의 울음이 잦아들었을 때, 내가 말했다.

"넌 의사로서 해야 할 일을 했을 뿐이야. 그 여자를 죽게 내버려둘 수는 없었잖아. 네 잘못이 아니야."

내 말이 그의 가슴에 닿아 위로가 될 수 있기를 바랐다. 유성이 울음을 완전히 그쳤을 때, 나는 어떻게 된 일인지 물었다. 그는 깊이 숨을 들이마시고 자초지종을 이야기하기 시작했다.

며칠 전, 신생아실 간호사가 한 아기를 옮기다가 실수로 그만 바닥에 떨어뜨렸다. 바로 그 여자의 아기였다. 아기는 두개골 골절과 뇌출혈로 위독해졌고, 끝내 죽고 말았다. 그리고 오늘 아침, 그녀는 신생아실에 들이닥쳐 휘발유를 뿌리고 불을 질렀다.

그 여자에게 법적인 배우자는 없는 것으로 확인됐다. 산부인과 주치의도 아기의 아버지가 누구인지 본 적도, 들은 적도 없다고 했다. 간이식을 받은 산모였기 때문에 산부인과 주치의와 간내과 주치의가 협진하며 그녀가 건강한 아기를 낳을 수 있도록 임신 초기부터 각별히 관리했다. 게다가 조현병 병력이 있었으므로 정신과 전문의까지 그녀의 출산 과정에 관여했다. 그녀 스스로도 건강한 아기를 낳으려고 공을 많이 들였다. 여러 사람이 바랐던 대로 아기는 건강히 태어났다. 그러나 어이없는 사고로 죽었고 그녀는 그 분풀이를 다른 아기들에게 했던 것이었다.

내 꿈은 결국 실현되고 말았다.

*

유성과 통화한 후, 나는 한참 동안 넋을 놓고 신생아실 방화 사건에 대해 생각했다. 누구의 잘못일까? 그 여자의 아기를 죽음에 이르게 한 간호사? 그 여자를 살린 유성? 예지몽을 꾸고도 그 여자에게 무관심했던 나?

아무리 생각해 봐도 다른 누구의 잘못이 아닌, 그 여자 개인의 문제였다. 100번 양보해서 신생아실 간호사가 사건의 원인을 제공했다고 하더라도 그녀의 살해 행위가 정당화될 수는 없었다. 그녀의 행동은 너무나 잔혹했고 어떤 이유로도 용납될 수 없었다.

그런데….

내 잘못이라는 생각으로 나는 괴로웠다.
'그 여자가 사고를 치기 전에 내가 나서서 막을 방법이 정말 없었을까?'
나의 방관자적 태도로 인해 이제 막 세상의 빛을 본 신생아들이 목숨을 잃었다. 꿈에서 본 여자를 실제로 만났으니까, 꿈에서 일어난 사건도 실제로 일어날 수 있지 않을까? 그때 나는 분명히 이러한 의문을 가졌다. 그렇다면 그 여자의 살해 행위를 막기 위해 나는 뭔가를 했어야 했다. 그러나 아무것도 하지 않았고 심지어 그 여자에 관해 그동안 까맣게 잊고 지냈다. 내 기억 속에서 그녀는 현실 속 존재가 아닌, 지나가는 상념에 불과했을 뿐이었다.
그날 이후 한동안 나는 죄책감에 휩싸여 아무 일도 할 수 없었다. 밥도 제대로 먹지 못할 정도였다. 죽을 수는 없으니까 먹어야 했는데, 밥을 목구멍으로 삼키는 것조차 힘겨웠다. 방문을 잠그고 하루 종일 잠만 잤다. 내가 왜 이러는지 영문을 알 수 없었던 도훈은 아침저녁으로 내 방문을 두드렸다.

문 너머로 그의 걱정스러운 목소리가 들려왔지만, 나는 대답 대신 헛기침으로 살아 있다는 신호만 보냈다. 그조차도 간신히 내뱉는 소리였다.

이성은 끊임없이 내게 속삭였다.

'망상일 뿐이야. 네 잘못이 아니라고.'

그러나 감정적으로는 견딜 수가 없었다. 평소 같았으면 유성에게 털어놓고 약간의 위로나마 얻었겠지만, 이번에는 달랐다. 유성도 나처럼 힘든 시간을 보내고 있을지도 모른다는 생각이 들었다. 평소라면 이틀이 멀다 하고 내게 전화하는 유성이 며칠째 연락이 없는 걸 보면 내 짐작이 틀리지 않을 것이었다. 우리 둘 모두 이 문제를 화제로 다시 이야기를 꺼내서는 안 된다고 나는 생각했다. 더 이상 상처를 덧내는 일은 피하고 싶었다.

죄책감을 견디다 못해 나는 정신과 전문의를 다시 찾아가 볼까 생각했다. 하지만 스스로 이겨내지 못하면 이 빌어먹을 망상에서 평생 빠져나올 수 없을 것 같았다. 어차피 나는 땅꼬마 시절부터 모든 문제를 혼자 짊어지며 살아왔고, 앞으로도 그래야만 했다. 이 문제 역시 예외는 아니었다.

다행히 하루하루 지나자 나는 죄책감에서 점차 벗어날 수 있었다. 역시, 시간만큼 내게 잘 듣는 약은 없었다. 신생아실 방화 사건이 발생한 지 3주쯤 지났을 때 나는 업무로 복귀해

밀린 일에 정신없이 몰두했다. 밀려드는 업무는 생각할 시간을 줄였고, 그로 인해 점차 마음의 평온을 되찾았다.

*

일에 치여 지내다 보니 예약된 진료를 놓쳐버렸다. 부랴부랴 일주일 뒤로 진료를 다시 예약했다. 그즈음엔 면역억제제가 바닥날 테니, 무슨 일이 있어도 병원에 가야 했다.

유성에게서 전화가 온 건 진료 예약일을 이틀 앞둔 날이었다.

"너 병원 올 때 되지 않았어?"

그가 대뜸 물었다. 전화는 용건부터. 역시 나를 잘 아는 친구다웠다. 근 두 달 만의 통화였다. 유성의 목소리는 평소, 그러니까 신생아실 방화 사건이 터지기 전과 다름없었다.

우리는 마치 어제까지 아무 일 없었다는 듯 일상적인 대화를 나눴다. 유성이 그동안 어떻게 지냈는지, 혹시 나처럼 죄책감의 감옥에 갇혀 고통스러운 시간을 보내지는 않았는지 궁금했지만 묻지 않았다. 유성도, 나도 신생아실 방화 사건에 대해서는 단 한 마디도 꺼내지 않았다. 우리는 그 사건에 관한 이야기를 입 밖에 내지 않기로 암묵적으로 합의한 셈이었다. 오래간만에 유성과 점심을 함께 먹기로 했다.

간내과에서 진료를 받은 뒤, 간담췌외과 유성의 진료실

앞에서 오전 진료가 끝나기를 기다렸다. 유성의 진료를 기다리는 환자는 세 명이었다. 그중 눈에 띄는 환자가 있었다. 초등학교 5~6학년쯤으로 보이는 남자아이였는데, 얼굴이 오렌지빛을 띠었고 몸은 수척하게 말랐다.

'어린아이가 참 안 됐네….'

아이의 건강 상태가 심각하다는 걸 나는 쉽게 짐작할 수 있었다.

아이 옆에 중년 여자가 앉아 있었다. 아마도 아이의 어머니일 것이다. 그녀는 말없이 아이를 바라보며 희미하게 미소를 짓고 있었다. 내가 보기엔 그 미소는 애써 만들어진 것이었다. 마치 가면을 쓴 것처럼. 그 가면 뒤에서 고통으로 일그러진 어머니의 진짜 표정이 실루엣으로 비치는 것 같았다.

소아 환자에게 부모가 고통스러운 모습을 보이는 건 아이의 건강 회복에 좋지 않은 영향을 미칠 수 있다. 아무리 비관적인 상황이라도 아이 앞에서는 편안한 모습을 보여야 한다. 그래야 아이가 심리적으로 안정되고 건강 회복에 대해 긍정적인 태도를 가질 수 있다.

내가 진료실에 들어서자 유성이 말했다.

"반갑다, 친구."

그러나 그의 표정은 밝지 않았다.

"반가운 사람 표정이 왜 그 모양이야? 무슨 일 있어?"

"별일 아니야."

"별일 있는 거 다 아니까 털어놔 봐."

내 말을 못 들은 척 유성은 의사 가운을 벗어 옷걸이에 걸며 말했다.

"밥 먹으러 가자. 오후 진료가 없어서 병원 앞 한정식집에 예약해 놨어. 편하게 먹자."

"너, 내가 궁금한 건 못 참는 거 알지?"

"알아, 안다고. 배고프니까 밥 먹으면서 이야기하자."

유성의 근심은 오렌지빛 얼굴의 아이 때문이었다. 이제 겨우 초등학교 6학년인데, 간 이식을 받지 않으면 얼마나 더 살 수 있을지 장담할 수 없는 상태라고 했다. 가족 중에 이식이 적합한 간을 가진 사람이 없었고, 코노스에서도 1년 넘게 연락이 없었다.

몇 달 전부터 아이가 헛것을 보고 헛소리를 하는 증상이 나타나 정신과 치료도 받고 있었다. 정신과 주치의의 말로는, 아이가 가벼운 조현병 증상을 보이는데 건강이 회복되면 사라질 증상이라고 했다. 최근 들어서 간 기능이 급격히 악화돼, 아이는 오늘 간내과 병동에 입원하기로 결정했다.

유성은 의사로서 그 아이를 어떻게 든 살려야 한다는 책임감으로 힘들어했다. 그러나 공여자가 나타나지 않는 한 그가 아이를 살릴 방법은 없었다.

유성은 한숨을 깊이 내쉬며 말했다.

"의사로서 해야 할 일을 못 한다는 게 이렇게 괴로운지 몰랐다."

식사 후 병원으로 돌아가는 유성의 뒷모습을 한참 동안 바라보았다. 할 수만 있다면 내 간이라도 떼어 그 아이에게 주고 싶었다. 물론, 나는 그 아이와 그의 가족에게 전혀 관심이 없었다. 단지 유성의 짐을 조금이라도 덜어주고 싶을 뿐이었다. 하나뿐인 친구를 위해서라면 그 정도 일쯤은 할 수 있을 것 같았다. 하지만 도훈에게서 이식받은 내 간은 다른 사람에게 전혀 쓸모가 없는 것이었다. 그 생각이 들자 쓸쓸한 웃음이 나왔다.

*

유성을 만나고 온 그날 저녁, 집에 들어서자 거실 불도 켜지 않은 채 도훈이 텔레비전을 보며 눈물을 찔끔거리고 있었다. 저 녀석은 왜 또 눈물을 짜고 있지? 같은 아버지의 유전자를 물려받았지만, 나와 달리 도훈은 감성적이고 마음이 여린 편이었다. 사내 녀석이 가끔 눈물을 보인다.

마지막으로 도훈과 마주 앉아 대화한 게 언제였는지 기억이 가물가물했다. 간이식 병동에서 도훈과 재회했을 때, 그리고 둘이 함께 살기로 결정했을 때, 나는 도훈을 피를 나눈 동생으로 받아들이진 못했다. 도훈은 아무 조건 없이 내게 생명을 나누어 준 고마운 사람일 뿐이었다.

솔직히 말하면, 빚진 기분이 들 때가 있어 가끔은 도훈과 함께 지내는 게 편하지 않다고 느꼈다. 하지만 10년 가까이 한집에 살면서 마음을 나누다 보니 이제는 도훈을 정말 친동생으로 여긴다.

도훈은 사범대학을 졸업한 다음 해 임용고시에 합격했고 고등학교에서 수학을 가르치고 있었다.

"왜 울고 있어. 무슨 일 있니?"

내가 거실 불을 켜며 물었다. 도훈은 눈물을 훔치며 대답 대신 고개를 저었다. 그의 얼굴은 붉어져 있었고, 눈가에는 여전히 눈물이 맺혀 있었다.

순간 그 여자가 떠올랐다. 나는 도훈의 어머니가 텔레비전 앞에서 눈물을 흘리던 모습을 몇 번 본 적이 있었다. 자기 자식에게조차 무관심했던 그녀는 일면식도 없는 사람들의, 편집과 연출로 과장된 아픔에는 공감했다.

내가 학원에서 집에 돌아왔던 어느 날도, 그 여자는 텔레비전을 보며 울고 있었다. 기아와 질병에 시달리는 검은 피부의 아이들이 배고프다고 울고, 아프다고 우는 모습을 보며 그녀는 굵은 눈물을 뚝뚝 흘렸다.

아주 꼴 보기가 싫었다. 나는 내 방으로 들어가며 방문을 쾅 닫아버렸다.

"TV를 안방으로 옮기면 얼마나 좋아!"

나는 거실까지 들리라고 혼잣말로 외쳤다.

지금 그 여자의 자식이 텔레비전을 보며 울고 있었다. 나는 그 여자의 눈물을 혐오했다. 그러나 도훈이 울면 그만한 이유가 있을 거라고 생각했다.

텔레비전 속에서 부부로 보이는 중년 남녀가 눈물을 찔끔거리고 있었다.

'8년 만에 얻은 아이가 태어난 지 8시간 만에'

화면 상단에 이러한 제목이 떠 있었다. 보나 마나 어떤 내용인지 뻔했다. 저 부부의 아이가 죽은 모양이었다. 8년 동안 노력해 어렵게 아이를 가졌고 뱃속에서 9개월을 품었는데 태어난 지 8시간 만에 저세상으로 떠나보냈다, 뭐 이런 내용이겠지.

사연이 궁금하긴 했다. 하지만 굳이 보고 싶지는 않았다. 잠자리에 들기 전에 꼭 끝내야 할 업무가 있었다. 방송을 보고 나면 기분이 내려앉아 일에 방해가 될 것 같았다.

그런데 생각과 달리 몸이 제멋대로 움직였다. 나는 소파에 털썩 앉았다. 나는 저들의 아이가 왜 죽었는지 이유만 확인하고 그만 볼 생각이었다.

얼마 지나지 않아서 나는 텔레비전 앞에 앉은 걸 후회했다. 아이는 두 달 전에 있었던 대학병원 신생아실 방화 사건의 희생자였다.

지옥살이.

아이를 잃은 부부는 그렇게 말했다. 살아 있지만 살아 있는 게 아닌, 마치 지옥에서 사는 것 같다고. 아이의 어머니는 끝내 통곡했다.

나는 더는 보고 있을 수가 없었다. 갑자기 머리가 어지럽고 손과 발이 파르르 떨리기 시작했다. 양손으로 소파를 잡고 팔로 몸을 지지하며 천천히 몸을 일으켰다.

"피곤해서 먼저 자야겠다."

나는 도훈이 내 상태를 눈치채지 못하도록, 몸을 휘청거리지 않고 똑바로 걷기 위해 온정신을 발끝에 쏟았다. 내 방으로 들어가자마자 수면제를 입에 털어 넣었다. 어서 잠들지 않으면 이 고통에서 벗어날 수 없을 것 같았다. 수면제가 입 안에서 서늘한 느낌을 남기며 목구멍으로 넘어갔다.

*

그날 밤, 꿈에서 오렌지빛 얼굴의 남자아이를 만났다. 우리는 바닷가 포구에 정박한 커다란 여객선 위에 있었다. 아이의 표정은 편안하고 순수해 보였다. 그 얼굴에는 걱정이라고는 찾아볼 수 없었다. 그는 마치 이곳이 자신의 놀이터인 양 천진난만하게 주위를 둘러보고 있었다.

"나 좀 도와줄 수 있어요?"

아이는 해맑은 미소를 지으며 간을 공여해 달라고 내게 말했다. 그 부탁은 마치 사탕을 달라는 아이의 요구처럼 가벼웠다.

"내 간은 병들었기 때문에 주고 싶어도 줄 수 없단다."

내가 말했다. 그러자 아이의 표정이 짓밟힌 맥주 캔처럼 일그러졌다. 그의 눈빛은 금세 적대감으로 바뀌었고, 입술은 경련을 일으키며 떨렸다.

"왜요? 왜 안 돼요?"

아이는 갑자기 목소리를 높이며 나를 향해 온갖 저주의 말을 퍼붓기 시작했다. 그의 목소리는 작고 여리던 아이의 것이 아니었다.

나는 무서웠다. 뒤돌아보지 않고 있는 힘을 다해 배 밖으로 뛰어내렸다. 등 뒤에서 아이의 울부짖음이 들려왔다.

"너도 도망칠 수 없어! 나처럼 될 거야! 네 죗값을 치르게 될 거야!"

그 목소리는 거친 바람처럼 귓가를 때렸다. 나는 뒤돌아볼 수 없었다. 그랬다간, 소돔에서 도망치는 동안 뒤를 돌아보지 말라는 신의 명령을 어긴 롯의 아내처럼 소금기둥이 되어버릴 것 같았다.

천둥 같은 폭발음이 울렸다. 하늘과 바다를 모두 뒤흔드는 듯했다. 나도 모르게 뒤돌아보았다. 배가 활활 불타고 있었다. 검은 연기가 하늘 높이 치솟으며 바람에 휘날렸고, 불

붙은 몸으로 사람들이 배 밖으로 뛰어내리고 있었다.

"도와주세요!" "살려주세요!"

그들의 비명이 바다를 울렸다. 나는 손을 뻗어보려 했지만, 몸이 움직이지 않았다. 내 손은 무겁고, 내 발은 땅에 단단히 붙어 있는 것 같았다. 바람이 불어오는 방향에서 아이의 목소리가 다시 들려왔다.

"너도 이 배에 올라타야 해."

나는 공포와 혼란 속에서 깨어났다. 침대 위에서 숨을 몰아쉬며 현실로 돌아왔다는 사실에 안도했다. 휴대폰을 들고 시간을 확인했다. 새벽 3시가 조금 넘은 시각이었다.

유성에게 전화를 걸었다. 그러나 그의 휴대폰은 꺼져 있었다. 나는 뜬눈으로 밤을 새웠고, 아침 일찍 서둘러 유성의 병원으로 향했다. 진료 시작 전에 그를 만나야 했다.

유성의 연구실 문을 노크했다.

"네, 들어오세요."

안에서 유성의 목소리가 들렸다. 문을 열고 들어가자 유성은 놀란 표정, 아니 황당한 표정을 지었다.

"지훈아, 무슨 일이야? 이 시간에 여긴 또 왜…."

유성과 눈을 마주치자마자 나는 미친 사람처럼 말했다.

"그 아이가 배에 불을 질렀어. 배에 타고 있던 사람들이 다 죽었을 거야."

유성은 여전히 황당한 표정을 짓고 있었다. 한 손으로 커피잔을 들고 있던 그는 잔을 내려놓으며 말했다.

"무슨 소리야? 일단 앉아 봐."

나는 손을 부들부들 떨며 꿈 이야기를 쏟아냈다. 내가 이야기를 끝낼 때까지 유성은 말없이 고개만 끄덕였다. 그의 눈은 나를 뚫어지게 바라보고 있었고, 그 안에는 걱정과 혼란이 뒤섞여 있었다.

"그래서, 내가 뭘 어떻게 하길 바라는 건데?"

유성이 물었다.

"나도 몰라. 혹시, 그 아이가 그 여자처럼 무슨 사고를 칠 것 같아서, 사람들을 죽일 것 같아서 불안할 뿐이야."

"지훈아."

유성은 두 손으로 얼굴을 쓸어내린 뒤 말을 이었다.

"네 심정은 충분히 이해해. 그런데 말이지, 그런 일은 다시 일어나지 않을 거야. 그리고 솔직히 말할게. 나는 네 꿈과 그 여자가 저지른 신생아실 방화 사건이 아무런 관련이 없다고 결론지었어. 우연일 뿐이라는 거야. 그것 외에는 다른 결론이 있을 수 없어."

유성은 잠시 숨을 고르고 말을 이어갔다.

"그 사건 때문에 나도 한동안 마음이 심란했던 건 사실이야. 그래서 꿈에 관한 논문을 수십 편 찾아서 읽었어. 논문의 접근 방식과 연구 방식은 모두 제각각이었지만 결론은 하나였어. 많은 사람들이 생각하는 것처럼 예지몽 같은 초자연적 현상은 존재하지 않는다는 거야. 그건 단지 확률의 문제일 뿐이고 통계로 설명 가능한 현상이야. 내가 논문 링크를 몇 개 보내줄 테니까 너도 읽어봐. 내 말에 동의하게 될 거야."

"나도 네 말은 이해해. 그리고 알잖아? 내가 너만큼 논리적인 사람이고 미신 같은 현상을 전혀 믿지 않는다는 걸. 하지만 꿈에서 본 여자가 실제로 내 눈앞에 나타났고, 꿈에서 일어난 사건이 실제로 일어났어. 그리고 이제 그 아이가 내 꿈에 나타나서 사람들이 탄 배에 불을 질렀는데, 내가 어떻게 신경이 안 쓰일 수 있겠니?"

유성은 고개를 끄덕였다. 그의 표정은 여전히 무겁고, 한편으로는 나를 이해하려는 노력이 보였다.

"그래, 알아. 네 입장에서는 당연히 그럴 수 있지. 하지만 지훈아, 설령 그 아이가 미래에 무슨 사고를 치더라도 그건 우리가 막을 수 있는 일이 아니야. 신의 영역이라고. 우리가 할 수 있는 건 아무것도 없어. 그러니까 마음 편히 먹어."

"그렇지만-."

유성이 내 말을 끊고 말했다.

"그리고 어제 네가 다녀가고 나서 오후에, 아이와 매칭되는 간 공여자를 찾았다고 코노스에서 연락이 왔어. 아이의 건강이 며칠 사이에 급속히 악화돼서 어제 입원했는데, 마침 그날 공여자가 나타났다는 거야. 천운이지. 공여자는 교통사고로 뇌사 상태에 빠진 아이인데, 한 아이의 죽음으로 다른 아이의 생명을 살릴 수 있게 된 셈이지. 아이는 자기가 간 이식을 받지 못하면 죽게 된다는 사실을 몰라. 그러니 공여자가 나타났다는 게 얼마나 대단한 소식인지도 모르지. 대신 부모님이 많이 우셨어. 죽어가는 외동아들을 이제 살릴 수 있다고 생각하면 얼마나 기쁘겠어. 나도 무거운 짐을 내려놓은 기분이야."

"그래서 수술할 거야?"

내가 말했다. 무의미한 말이었다. 유성은 나와 눈을 마주치지 않고 말했다.

"응. 아이 상태가 심각하기 때문에 준비되는 대로 바로 수술할 거야. 설령 내가 수술을 거부하더라도 다른 닥터가 수술하겠지."

"그 아이도 조현병이 있다고 했지?"

"아니, 그냥 가벼운 조현병 증상이 있을 뿐이야. 환각, 환청 같은 건 많이 아프면 누구나 경험할 수 있어. 네가 생각하는 정신분열증 같은 거 아니야. 그리고 너도 아이를 봤잖아. 또래 남자아이들에 비해 왜소하고 여자아이처럼 연약한 아이야. 내가 1년 넘게 지켜본 바로는 아주 착하고 의젓해. 통증이 심해도 부모님 걱정할까 봐 혼자서 이를 악물고 견디는 아이야. 그런 아이가 무슨 짓을 저지를 수 있겠니?"

"그 여자도 연약해 보였지."

내가 이렇게 말하자 유성은 후~ 하고 긴 한숨을 내쉬었다.
"미안하지만 이제 나 진료하러 가야 돼. 더 하고 싶은 말 있으면 일 끝나고 전화로 하자. 아니면 오랜만에 저녁 같이 먹는 것도 괜찮고."

병원을 나서며 생각했다. 내가 도대체 왜 이러는 걸까? 그깟 꿈 때문에 안절부절못하다니. 나야말로 조현병에 걸린 게 아닐까? 설령 꿈이 또 실현되더라도 그 아이가 배에 불을 지르든, 산에 불을 지르든 그것이 도대체 나와 무슨 상관이란 말인가?
유성을 찾아간 걸 후회했다. 유성에게 털어놓으면 마음이 좀 편안해질 거라고 생각했는데 전혀 그렇지 않았다. 유성도 신생아실 방화 사건으로 힘들었을 텐데, 그리고 아직 그 문제에서 완전히 벗어나지 못했을 텐데, 내가 친구에게 신경 쓸 일을 더해 주고 온 셈이 되었다.

불안을 쫓는 관찰자

"아이 수술은 잘 됐어."

며칠 후 내가 전화했을 때 유성이 말했다. 드라마나 영화에서는 의사가 '최선을 다했지만 어쩔 수 없었습니다.'라고 말하는 장면이 종종 나오던데 유성의 수술은 매번 성공한다.

지난 며칠 동안 내 마음은 거의 진정된 상태였기에 유성의 말을 무덤덤하게 받아들였다. 사실 나는 그 아이의 안부가 궁금해서 전화를 건 게 아니었지만, 유성은 내가 그 일로 전화한 줄 알았던 모양이다. 내가 기뻐할 일은 아니었지만 빗속의 횃불처럼 꺼져 가던 어린아이의 생명을 살렸으니 기분 나쁜 일도 아니었다.

유성을 다시 만난 건 아이의 수술 후 석 달쯤 지난 뒤였다. 나는 간내과에서 정기 검진을 받고 여느 때처럼 유성의 진료실을 찾았다. 아이에 대해 묻지도 않았는데 유성은 굳이 그 이야기를 꺼냈다.

"그 아이 회복 속도가 꽤 빨라. 지금은 잘 지내고 있어."

이렇게 말하며 유성은 책상 서랍에서 종이 한 장을 꺼내 내게 내밀었다.

"이거, 아이가 준 편지야. 읽어봐."

선생님 덕분에 건강을 회복하게 되어 감사하다, 평생 은혜 잊지 않겠다, 나도 선생님처럼 훌륭한 의사가 되고 싶다, 이런 내용이 정성 어린 글씨로 A4지에 빼곡히 적혀 있었다.

아이의 편지를 다 읽고 나니 마음이 짠하긴 했다. 아이는 아픈 시간 속에서도 꿈을 잃지 않았고, 유성에게서 받은 생명을 어떻게든 잘 사용하고 싶어 하는 듯했다.

유성은 착한 아이니까 염려하지 말라는 뜻으로 내게 편지를 보여준 것 같았다. 무엇이든 말로 듣는 것보다 직접 보고 느끼는 게 가슴에 더 와닿는 법이니까. 아이의 얼굴이 떠올랐다. 오렌지빛의 얼굴과 마른 몸, 그리고 어딘가 지친 듯하면서도 희망을 놓지 않으려는 눈빛이 기억났다.

유성은 아이가 공부를 열심히 하는 모범생이라는 말도 덧붙였다.

"어머님 말씀으로는, 그동안 아파서 공부를 제대로 못 했다고 아이가 많이 아쉬워한대. 원래 공부 욕심이 많은 아이라는데 1년 가까이 학교도 제대로 못 다녔으니까 그럴 만도 하지. 그래서 과외교사를 구하고 있대. 밀린 공부를 도와주고 중학교 선행 학습도 시켜줄 수 있는 사람으로."

가끔 나는 내가 아닌 것처럼 행동할 때가 있다. 내 영혼에서 자아가 이탈하는 순간, 다시 말해 나도 모르게 오지랖을 떠는 순간이다.

"그 아이 과외, 내가 하면 안 될까?"

내가 이렇게 말하자 유성은 조금 당황한 표정을 지으며 입술을 오물거렸다. 잠시 후 그가 말했다.

"네가 용돈벌이라도 하려고 과외를 하겠다는 건 아닐 테고. 과외 핑계로 아이를 지켜보려는 거 아니야?"

유성의 말에 순간 움찔했지만 나는 담담하게 대답했다.

"그렇게 심각하게 생각할 거 없어. 그냥 내 마음이 가는 대로 말했을 뿐이야."

유성은 잠시 고민하듯 나를 바라보았다.

"과외 할 시간은 있어?"

"시간이야 만들면 되지. 내가 프리랜서 1인 기업가인데 뭐가 문제야."

유성은 고개를 돌려 창밖을 바라보았다. 창 너머에는 햇살이 환하게 비치고 있었지만 그의 표정은 어딘가 흐릿하고 고요했다. 그는 말없이 책상 위에서 손가락을 두드리다가 입을 열었다.

"알았어. 아이 어머님께 말씀드려 볼게."

그랬다. 나는 가까이에서 그 아이를 지켜보고 싶었다. 어떤 아이인지 알고 싶었고, 다른 사람을 해칠 아이가 아니라는 걸 내 눈과 감정으로 직접 확인하고 싶었다. 그뿐 아니라 만약 아이가 꿈에서처럼 사고 칠 조짐을 보인다면 내가 막을 방법이 있지 않을까? 이런 생각도 들었다.

성실하고 지도 수완이 좋은 과외교사는 부모와 아이의 신뢰를 쉽게 얻을 수 있고 오랫동안 좋은 관계를 유지할 수 있다. 대학 시절 나는 자타가 공인했던 탁월한 과외교사였다. 아이를 가까이에서 지켜볼 수 있는 안성맞춤의 기회였다.

유성은 내 의도를 눈치챘다. 그러나 나를 말리지 않았다. 그도 내 꿈에 관해 신경을 끄지 못했을 거라고 나는 생각했다. 유성 스스로도 꿈을 꾸고 나서 대형 사고를 피한 경험이 있었고, 내 꿈에 나타났던 여자가 실제로 아기들을 죽인 사건이 일어났다. 예지몽이든, 우연이든, 확률이든, 그것을 뭐라고 부르든지 간에 유성 역시 내 꿈으로부터 자유롭지 못할 것이었다.

*

늦은 오후, 첫 수업을 하러 아이의 집으로 향했다. 아이의 가족은 아담한 정원과 주차장을 갖춘 단독 주택에 살고 있었다. 서울 중심가에 마당 딸린 2층 집이라…. 갑자기 영화 속 대사가 떠올랐다.

'아부지 뭐 하시노?'

초인종을 누르자 곧 철컥하고 대문이 열렸다. 내가 안으로 들어서자 아이어머니가 종종걸음으로 마당을 가로질러 마중을 나왔다. 마당에는 잘 정돈된 잔디와 화분들이 가지런히 놓여 있었다. 눈길을 끄는 것은 구석에 놓인 작은 분수였다. 물줄기가 부드럽게 흘러내리며 마당 전체에 평온한 분위기를 더하고 있었다.

"안녕하세요. 함지훈이라고 합니다."

나는 미소를 지으며 가볍게 목례했다.

"우리 아이를 살려주신 의사 선생님 친구분께서 아이 공부까지 도와주신다고 하니 정말 너무 고맙습니다."

아이어머니는 절하다시피 허리를 굽혀 내게 인사했다. 나는 아이의 안부를 물으려다가 문득 아이 이름을 모른다는 사실이 떠올랐다. 젠장, 과외교사라는 사람이 기본이 안 되었네. 유성도 그렇고, 전화 통화할 때 아이어머니도 내게 아이 이름을 말해주지 않았다. 내가 묻지 않았으니 그들의 잘못은 아니었다.

"아이가… 이름이 뭐라고 하셨죠?"

"주연이에요. 한주연."

"아, 주연이군요. 주연이 건강은 좀 어떤가요?"

"많이 좋아졌는데 그래도 아직은 성치 않아서 학교 끝나고 오면 꼭 한숨 자야 해요. 지금 막 일어나서 씻고 있어요."

아이어머니와 마주 보고 소파에 앉았다. 거실이 작은 강당처럼 넓었고 책장으로 벽을 친 듯 책장들이 많았으며, 책장마다 책이 가득했다. 마치 도서관에 들어와 있는 기분이었다. 책장의 아래쪽에는 아이가 읽는 책으로 보이는 어린이용 책들이 가득했고, 위쪽은 두꺼운 전문 서적과 사전류로 빼곡했다. 이 집에서는 독서가 중요한 가치로 여겨지는 듯했다.

잠시 후 아이아버지가 허겁지겁 집 안으로 들어섰다.

"선생님 오시는 날이라고 해서 일찍 온다고 왔는데, 조금 늦었습니다. 죄송합니다."

그는 거의 90도 각도로 인사했다. 아이의 생명을 구해준 의사의 친구라고 하니, 최대한 예우하려는 의도였겠지만 솔직히 나는 부담스러웠다.

"서울대학교에 다녔습니다. 사범대학에서 교육학을 전공했고요."

과외교사로서 더 이상의 자기소개는 필요 없었다. 그 옛날에도 그랬다. "서울대학교 사범대학에 다닙니다. 장학생으로 입학했고요." 이것으로 나는 더 내 소개를 할 필요가 없었고, 학생의 부모들은 과외교사로서의 내 능력을 의심하지 않았다.

주연의 부모는 의사 선생님께 들어서 이미 알고 있다고

했다. 나는 대단히 바쁜 사람이지만 의사 친구가 아이를 돕고 싶어 해서 기꺼이 나섰다며 생색을 내듯 말했다. 부모는 감격한 표정으로 고개를 끄덕였다.

그들과 대화를 시작한 지 10분쯤 지났을 때, 아이가 2층에서 내려왔다. 아이는 양손을 배꼽 아래에 두고 내게 꾸벅 인사했다. 주연의 얼굴은 건강을 되찾은 기쁨과 아직 남아 있는 약간의 긴장감이 공존하는 듯했다.

아이 아버지가 말했다.

"외동인 데다가 병약해서 저희가 너무 오냐오냐 키웠습니다. 혹시라도 버릇없이 굴면 따끔하게 혼내 주세요."

아이의 버릇없음을 걱정하는 건 아닌 듯했다. 오히려 버릇없이 행동할 리 없다는 소리로 들렸다. 그의 말투에는 약간의 자부심도 섞여 있는 듯했다.

주연은 고개를 숙인 채 아버지의 말을 듣고 있었다. 아이의 태도는 차분했고 어른들 앞에서 어떻게 행동해야 하는지 잘 알고 있는 듯했다.

첫 수업을 시작했다. 아이의 방에도 책이 많았다. 마치 방에 틀어박혀 책만 보았던 내 어린 시절, 내 방을 보는 것 같았다. 책장은 아이의 키에 맞게 낮았고, 책등에 손때가 묻은 책들이 가지런히 꽂혀 있었다. 방 한쪽에는 작은 책상이 놓여 있었고, 그 위에는 연필꽂이와 교과서가 단정하게 정리되어 있었다. 커다란 창문을 통해 햇살이 부드럽게 들어와 방 안을 환하게 밝혔고, 창가에 늘어선 화분에서 은은한 라벤더 향이 풍겼다.

주연은 예의 바르고 차분한 아이였다. 적어도 겉으로 보기엔 그랬다. 문득 내 시선이 분홍색 필통에 머물렀다.

'남자아이가 분홍색을 좋아하나 보네?'

내 생각을 눈치챘는지 묻지도 않았는데 주연이 말했다.

"4학년 때 엄마가 마트 이벤트에 당첨돼서 받은 필통이에요. 자녀 이름 쓰는 곳에 한주연이라고 적었더니 마트 아저씨가 딸인 줄 알았다고, 그래서 분홍색 필통을 줬대요. 창피해서 집에서만 쓰고 있어요."

"남자라고 해서 분홍색을 쓰지 말란 법은 없잖아. 다 편견이지."

이렇게 말하면서도 나는 생각했다.

'학교에 가져가면 아이들이 놀리긴 하겠다.'

그 나이대 아이들은 그런 일로도 놀림감이 되곤 하는 게 사실이니까.

나는 문득 궁금해졌다. 아이의 부모는 왜 성별이 모호한 이름을 지었을까? 그런 이름으로 살아가면 알게 모르게 불편한 일이 생길 수 있다. 필통 건만 봐도 그렇다. 주환, 주한 같은 이름을 지었다면 파란색이나 검은색 필통을 받아왔을 것이고, 아이도 창피하게 생각하지 않고 학교에 들고 다녔을

불안을 쫓는 관찰자

것이다.

사실 내 이름도 성별을 따지기가 조금 애매하다고 느낄 때가 있었다. 지금껏 살면서 '지훈'이란 이름을 가진 사람을 10명쯤 봤는데 남자가 7, 여자가 3이었다. 나는 '내 이름도 남자인지 여자인지 헷갈리는 이름이야.'라고 아이에게 말하려다 그만두었다. 괜히 아이와 공감대를 형성하는 말을 꺼내면 쓸데없이 친해질 것 같았기 때문이었다.

나는 아이와 감정적으로 가까워지고 싶은 마음이 1도 없었다. 죽다 살아난 아이를 측은히 여겨 공부라도 도와줘야겠다, 라는 한가한 생각으로 이곳에 온 게 아니었다. 과외를 계기로 아이와 위장된 친분을 쌓고 지속적으로 연락하며 아이가 문제없이 지내는지 확인하는 게 목적이었다. 내 꿈에서 그랬던 것처럼 아이가 사람들을 해칠만한 상황이 실제로 생긴다면 어떤 방식으로든 내가 개입할 생각도 있었다.

대학 시절 내내 과외로 먹고살았던 나는 한 번의 수업만으로도 아이의 지적 수준과 학습 능력을 간파할 수 있었다. 아이는 똑똑할 뿐만 아니라 과외가 필요 없을 만큼 스스로 공부할 줄 아는 아이였다. 정말이지 학창 시절의 나를 보는 것 같았다. 투병 생활 중에 생긴 학습 공백을 메우는 데 도움을 주는 것 이상으로 내가 할 일은 없어 보였다.

첫 수업을 마치고 나자 아이를 잘 가르치고 싶은 마음이 우러나왔다. 애초에 그런 의도로 시작한 일이 아니었는데 천성은 어쩔 수 없나 보다. 나는 안 하면 안 했지, 무엇이든 대충 하지는 못한다. 나는 교육학을 전공한 교수설계자이고 넓게 보면 교육자이기도 하다. 이왕 이렇게 된 거, 교육자로서의 책임감을 갖고 최선을 다해 아이를 가르쳐 보기로 마음먹었다. 무엇보다, 아이와 아이 부모에게 좋은 인상을 남겨야 과외를 그만둔 후에도 연락하며 지낼 수 있을 테니까.

*

과외를 시작한 지 석 달이 지났다. 수업은 매주 한 번씩 총 열세 번을 진행했다. 나는 아이의 투병 생활로 생긴 학습 공백을 메우고도 남을 만큼 진도를 나갔다. 아이는 내가 이끄는 방식대로 잘 따라주었고, 내가 던져 준 많은 양의 과제를 거의 완벽하게 해치웠다. 과외교사로서 내가 할 일이 더는 없다고 느꼈다.

그동안 아이에게서 특별히 이상한 점이나 변화는 전혀 발견하지 못했다. 이를테면 배에 불을 지를 조짐 같은 거 말이다. 주연은 부모의 극진한 사랑을 받고 자란 아이였다. 그렇다고 해서 부모가 그들의 말처럼 아이를 오냐오냐 기르지는 않은 것 같았다. 오히려 주연은 자신의 행동에 책임감을 갖고 자기 주도적으로 움직이는 아이로 보였다.

주연은 마치 뿌리 깊은 유교 가문에서 태어난 후손처럼

나이답지 않게 보수적인 사고를 가지고 있었다. 예의 바랐고, 말대답하지 않았으며, 꼭 말을 해야 할 때는 공손한 태도로 자기 생각을 논리적으로 밝혔다. 어떻게 보아도 다른 사람에게 해가 되는 짓을 저지를 아이가 아니었다. 그의 태도는 어른스럽기까지 했고, 때로는 내가 그의 나이를 잊게 할 정도로 침착했다.

주연의 부모는 내가 과외를 계속해 주길 간곡히 부탁했다. 그들의 목소리에는 간절함이 묻어 있었고, 아이의 성장을 도와달라는 기대가 담겨 있었다. 하지만 나는 과외를 이어갈 여력이 없었다. 여러 고객사로부터 의뢰받은 업무가 산더미처럼 쌓여 갔기 때문에 매주 한 번씩 방문하는 것도 쉬운 일이 아니었다. 하지만 여기서 그만두면 아이와의 관계가 끊어질 것 같았다. 그러면 지금까지 했던 노력이 수포로 돌아가게 된다. 과외를 그만둔 후에도 아이를 가까이에서 지켜보려면 어떻게 해야 할까? 나는 잔머리를 굴렸다.

"그럼 이건 어떨까요?"

나는 과외교사가 아닌 학습 컨설턴트로서 아이를 돕겠다고 제안했다. 정기적으로 방문하지 않고 필요할 때만 방문하는 방식이었다.

"주연이는 스스로 공부할 줄 아는 학생이에요. 과외보다는 학습 컨설팅이 더 도움이 될 겁니다. 학습 방향과 계획을 수립하고, 더 나아가 대학 입시까지 전략적으로 준비하도록 돕겠습니다."

이런 말로 나를 놓아주지 않으려는 부모를 설득했다. 그들은 아쉬워하면서도 내 제안을 반겼다.

이후로도 주연에게서 아무런 문제를 발견할 수 없었다. 아니, 문제가 나타날 가능성조차 없어 보였다. 주연은 여전히 부모의 사랑 속에서 잘 성장하고 있었고, 학업에서도 큰 문제가 없었다. 이런 아이가 다른 사람에게 해를 끼칠 수 있다는 생각은 점점 더 비현실적으로 느껴졌다.

그렇게 5개월 정도 지나자 자괴감이 밀려들었다.

'내가 도대체 뭘 하고 있는 거지? 그깟 꿈 때문에 황금 같은 시간을 낭비하고 있지 않은가?'

멀쩡한 아이를 범죄자 취급하며 국정원 블랙요원 행세를 하고 있는 나 자신이 한심하기 짝이 없었다. 그런데도 나는 꿈이 실현될지 모른다는 불안감에서 벗어날 수 없었다.

*

어느 날, 도훈이 그늘진 얼굴로 퇴근했다. 힘들어도 웬만한 일로는 내색조차 하지 않는 아이였다. 나는 도훈의 그런 점이 참 마음에 들었다. 힘들어도 투정을 부리지 않아야 위로할 맛이 난다. 세상에 힘들지 않은 사람이 몇 명이나 있겠는가? 다 참으며 사는 거다.

도훈도 그런 아이였다. 참고 또 참고, 꾹꾹 눌러 담으며 살아가는 아이. 그런 도훈이 얼굴에 그늘을 드리운 채로 집에 들어섰다.

"학교에서 또 무슨 일 있었니? 표정이 왜 그 모양이야?"

나는 화장실에서 막 볼일을 보고 나온 참이었다. 도훈은 아차 싶었는지 황급히 그늘진 표정을 지워냈다. 애써 웃어 보였지만 차라리 웃지 않는 게 더 나을 뻔했다. 억지웃음은 그의 얼굴에 경련이라도 일으킬 것처럼 어색했다.

딱했다. 도훈은 아이들을 가르치는 게 좋아서 교사가 되었다. 가르치는 것만이 교사의 역할이 아니라는 걸 왜 몰랐을까? 세상 대부분의 사람들은 다른 사람에게 치이는 걸 싫어하지만, 그럼에도 다른 사람과 어울리고 부대끼며 살아간다. 먹고살려면 어쩔 수 없다.

도훈과 나는 다른 사람에게 치이는 걸 유난히 싫어한다. 다만 차이가 있다면 나는 다른 사람에게 치이지 않는 직업을 선택했고, 도훈은 그 중요한 걸 놓쳤다는 점이다.

도훈은 매일 학교에서 이리 치이고 저리 치였다. 동료 교사 때문에도 힘든 일이 있지만, 그보다는 세상과 맞짱이라도 뜨려는 듯 하루가 멀다 하고 말썽을 피우는 아이들 때문에 힘든 일이 훨씬 더 많다고 했다.

어느 날 도훈은 자기가 처한 상황을 이렇게 정리했다.

"교육이 아니라 교화가 필요한 아이들이야. 교도소 흉악

범들이 한 방에 모여 있어도 이보단 나을 것 같아."

사실 나처럼 혼자 일한다고 해서 다른 사람과 부대끼지 않고 살아갈 방법은 없다. 따지고 보면 나는 일개 프리랜서에 불과하고 언제나 을의 위치에 있다. 그러나 일찌감치 e러닝 업계에서 가성비가 뛰어난 능력자로 자리매김한 덕분에 나는 늘 갑의 위치에서 일한다. 을로 살면 사는 게 고난이지만, 갑으로 살면 세상은 살 만하다.

학창 시절 도훈은 비평준화 지역의 고등학교에 다녔다. 중학교 때 공부를 잘했던 아이들만 모인 학교였다. 말썽 피울 시간이 없는 아이들, 자기 공부하느라 바쁜 우등생들과 함께 지냈다. 그때 도훈이 만난 교사들은 하나같이 교육에 진심이었고 아이들에게 헌신적이었다고 했다. 그런 교사들을 보면서 도훈도 교사의 꿈을 키웠다고 했다.

내가 볼 땐 바로 그것이 도훈의 실수였다. 어떤 교사라도 우등생이 모인 학교에서 근무한다면 가르칠 맛이 날 것이다. 교육에 대한 열정도 생기고 보람도 충분히 느낄 것이다. 하지만 이 땅에는 그렇지 않은 학교가 훨씬 더 많다는 사실을 도훈은 미처 생각하지 못했다.

임용 첫해에 부임했던 학교에서는 무난히 지냈다. 하지만 두 번째로 부임한 지금의 학교는 상황이 달랐다. 이틀이 멀다 하고 경찰이 들락거릴 만큼, 문제를 일으키는 아이들이 많았다. 작년에는 그나마 괜찮았지만 올해 학급 담임을 맡으면서 도훈은 지옥 같은 나날을 보내고 있었다.

선배 교사들은 학급 담임을 맡지 않으려고 서로 눈치만 봤다. 결국 연차가 짧은 교사나 기간제 교사가 그 자리를 떠맡을 수밖에 없는 상황이라고 했다.

도훈은 선배 교사들을 탓할 수는 없다며 이렇게 말했다.

"다산 정약용 선생이 우리 학교에 부임했더라도 담임을 안 맡으려고 머리를 꽤나 굴렸을걸."

도훈이 맡은 학급에는 유독 문제아들이 많다고 했다. 도훈은 학급에서 일어나는 크고 작은 사건들에 감정적으로 휘둘리고 있었다.

다행히 공립학교 교사는 한 곳에만 머물지 않고 5년마다 다른 학교로 전근을 간다.

"자고 일어났을 때 3년이 흘러 있으면 좋겠어."

도훈이 말했다. 3년 후에는 이 골칫덩어리 학교에서 벗어날 수 있을 것이었다.

"어디든 괜찮아. 이보다 더 나쁜 상황은 없을 테니까."

도훈은 그날이 오기를 손꼽아 기다렸다.

운명의 불길 속에서

도훈이 그토록 바랐던 3년이 지났다. 나, 도훈, 유성, 주연 모두에게 시간은 공평하게 흘렀다.

도훈은 관내 교사들이 1순위 부임지로 희망하는 고등학교에서 근무하게 되었다. 학구열이 높고 경제적으로 윤택한 가정의 아이들이 대부분인 학교였다. 도훈은 이제 아침에 눈을 뜨는 게 두렵지 않다고 했다. 잠을 깨우는 알람 소리가 그에게 더 이상 무거운 하루의 시작을 알리는 경고음이 아니었다.

주연은 과학고에 진학했다. 자신을 살려준 유성처럼 훌륭한 의사가 되겠다는 꿈은 여전히 변하지 않았다. 무엇보다 건강을 완전히 되찾았다. 간이식 후유증이나 면역억제제의 부작용 없이 잘 지냈고, 또래에 비해 조그맣던 초등학생 아이는 중학교 3년 동안 무럭무럭 자라 180cm에 가까운 키로 자랐다. 살도 많이 붙었다. 외모는 완전히 달라졌지만 그 순수하고 착한 영혼은 그대로였다.

유성은 병원에서 간담췌외과 과장으로 승진했다. 과장이 되고 싶은 마음은 없었지만, 병원장의 강력한 권유로 어쩔 수 없이 맡게 되었다고 했다. 유성이 그렇다면 정말 그런 것이었다. 그는 늘 겸손하고 차분했으며, 환자와 직원들 사이에서 존경받았다.

지난 3년 동안 가장 큰 변화를 겪은 건 나 자신이었다. 세상은 능력자인 나를 가만히 내버려두지 않았다. 한 고객사에서 추진한 교육용 앱북 프로젝트에 참여한 일을 계기로, 나는 '스마트 과학 학습 애플리케이션'을 개발했다. 이 앱은 모바일 기기를 이용해 아이들이 과학을 쉽고 재미있게 이해하고 학습할 수 있도록 만든 것이었다. 그런데 그것이 교육 시장에서 예상치 못한 대박을 터트렸다. 그 덕분에 '갑 같은 을'로 살았던 나는 이제 진짜 '갑'의 인생을 살게 되었다.

집을 사무실 삼아 시작했던 사업은 나 혼자 감당하기 어려운 수준으로 규모가 커졌다. 물 들어올 때 열심히 노를 저어야 했다. 나는 사업을 1인 기업에서 법인 기업으로 전환했고 그럴듯한 사무실을 임차했다. 개발자, 교수설계자, 영업사원 등 여러 직원을 채용해 팀을 꾸렸다. 이후 내가 개발한 과학 애플리케이션은 빠른 속도로 진화를 거듭했고, 빅뱅으로 탄생한 우주에서 출발해 인공지능 시대에 이르기까지 세상의 모든 과학 지식을 아이들의 눈높이에서 제공하는 디지털 과학 백과사전으로 발전했다.

유성은 변해가는 나를 보며 걱정했다. 사람들과 부대끼며 지내는 걸 유난히 싫어하는 내가, 20명이 넘는 직원들과 하루 종일 한 공간에서 함께 일해야 한다는 사실을 염려한 것이었다. 하지만 문제없었다. 직원들은 내 아래에 있으니까. 내가 그들 위에서 군림한다는 뜻이 아니다. 나는 그들을 편하게 대하지만 그들은 늘 나를 조심스럽게 대한다. 그런 식으로 유지되는 관계라면 얼마든지 환영이다.

주연의 학습 컨설팅은 그만두었다. 나도 바빴지만 과학고에 진학한 주연도 정신없이 바빠서 서로 시간을 맞추기 어려웠다. 그렇게 주연을 만나는 일은 자연스럽게 끝이 났다. 연락도 끊겼다. 마음먹으면 언제든 연락할 수 있지만, 나는 안부 따위를 물으려고 시간을 쓰는 사람이 아니다.

내성적인 성향을 가진 주연 역시 내게 연락하지 않았다. 3년 동안이나 인연을 맺었다면 한 번쯤 연락할 만도 한데, 주연은 그렇게 하지 않았다. 그럴 만했다. 내가 아이에게 정을 주지 않았으니, 아이도 내게 정이 생겼을 리 없었다.

바쁜 일상 속에서 나는 점차 주연을 잊어갔다. 그리고 아이가 나타났던 그 꿈도….

*

　인생은 감정이 아니라 수학처럼 접근해야 술술 풀린다. 아무리 복잡한 방정식도 불필요한 항을 소거하면 간단히 답이 나오듯, 꼬이고 얽힌 일도 몇 가지 문제를 지워버리면 쉽게 해결된다.
　나는 소거법의 달인이다. 문제가 있다 싶으면 무엇이든 지워버린다. 특히 나는 관계가 꼬인 사람을 소거하는 데 능숙하다. 내 경험상, 인생에서 일어나는 골치 아픈 문제의 9할은 사람 때문에 발생한다. 그런데 나는 유성 때문에 골치를 앓게 될 줄은 꿈에도 몰랐다.

　며칠 전 유성이 휴가를 냈다며 오래간만에 함께 저녁을 먹자고 하더니, 특급 호텔 레스토랑으로 나를 불러냈다. 우리가 애용하는 식사 장소는 병원 푸드코트와 병원 앞 한정식집이었다. 간혹 다른 곳에서 만나는 경우가 있었지만 특급 호텔처럼 격식이 필요한 장소에서 함께 밥을 먹은 건 처음이었다.
　레스토랑의 분위기는 조용하고 품격 있었다. 부드러운 조명이 실내를 감싸고, 테이블마다 놓인 촛불이 은은하게 빛나며 고급스러운 분위기를 더했다.
　스테이크를 썰며 우리는 평소와 다름없이 이런저런 대화

를 나눴다. 식사 중에 유성은 와인을 마셨고, 간이식 후 술을 전혀 입에 대지 않는 나는 레모네이드를 마셨다.

그날, 유성이 취한 모습을 처음 보았다. 그는 혀가 꼬일 만큼 취했다. 그리고 내게 해서는 안 될 말을 하고 말았다.

"오래전부터 널 좋아했어."

순간, 나는 잘못 들었나 싶어 되물었다.

"방금 뭐라고 했어?"

유성은 흔들리는 눈빛으로 다시 말했다.

"너를 좋아한다고. 고등학교 1학년 때부터 좋아했어. 너를 다시 만났을 때 얼마나 기뻤는지 몰라."

뭐, 그럴 수 있다. 나도 유성을 대단히 좋아한다. 친구로서 말이다. 그런데 그가 한 말은 사랑 고백이었다. 이 녀석이 그래서 여태 결혼을 안 했나 보다.

내가 간이식 수술로 입원했을 때 유성이 붉게 상기된 표정으로 했던 말이 떠올랐다.

'고등학교 때 짝사랑했던 친구가 있는데, 그 친구보다 더 마음을 줄 만한 여자를 아직 만나지 못했어.'

그 여자가 바로 나였다니. 머리가 어질어질했다. 나는 허둥지둥 가방을 챙겨 들고 유성을 남겨둔 채 호텔 밖으로 나왔다. 그리고 뒤도 돌아보지 않고 택시를 탔다.

나는 어머니라는 여자가 미웠고, 아버지가 재혼한 그 여자가 미웠고, 내가 여자라는 사실도 싫었다. 나는 아주 어렸

운명의 불길 속에서

을 때부터 남자처럼 행동했다. 짧게 친 커트 머리에 걸음은 터덜터덜 걸었고, 치마를 입어본 적이 없었으며, 힐을 신어본 적도 없었다. 그뿐만이 아니라 남자처럼 생각하려고 했고, 남자처럼 말하려고 했다.

돌이켜보면 의도적으로 그랬던 건 아니었다. 어쩌다 보니 나는 그렇게 행동하기 시작했고 시간이 지나면서 사내아이 같은 습성이 완전히 몸에 밴 것이었다. 그래서인지 몰라도 여자에게서 고백받은 적은 있어도 남자에게서 고백받은 적은 없었다. 그런데 유성이 내게 고백할 줄이야….

나는 결혼할 생각이 전혀 없었고, 연애할 생각도 해본 적이 없었다. 그렇다고 해서 차마 내 인생에서 유성을 소거해 버릴 수는 없었다. 얼마나 고마운 친구인데, 내가 얼마나 의지하는 친구인데, 하나뿐인 친구를 잃고 싶지 않았다.

그러나 이런 고민은 무의미했다. 유성이 먼저 연락을 끊었다. 내가 전화를 걸어도 받지 않았고 카카오톡 메시지도 무시했다. 나는 차라리 잘된 일이라고 생각했다. 우리는 당분간 거리를 두고 지낼 필요가 있었다. 서로를 잃지 않기 위해 그래야만 했다.

*

가족이 생기면 세상의 비극이 나의 비극이 될 확률이 높

아진다. 결혼하면 배우자와 아이가 생기고, 아이가 결혼하면 아이의 배우자와 아이의 아이까지 내 가족이 된다. 그중 누군가가 비극적인 운명을 맞게 된다면 그건 곧 나의 비극이 될 수밖에 없다.

나는 이런 종류의 비극은 싹조차 키워볼 생각이 없었다. 그것이 내가 결혼하지 않고 혼자 살다 죽겠다고 다짐했던 가장 큰 이유였다. 그런데 그동안 내가 간과했던 사실이 하나 있었다. 도훈이 내 가족이라는 사실 말이다.

화창했던 10월의 어느 날이었다. 오전 11시경, 사무실에서 한창 바쁜 시간을 보내고 있을 때 휴대폰 벨이 울렸다. 발신자는 도훈이 근무하는 학교였다.

'뭐지? 도훈의 학교에서 왜 전화가 와?'

도훈이 전화했을 리 없었다. 도훈이 전화했다면 휴대폰을 이용했을 것이다. 나는 동생의 학교 전화번호를 휴대폰에 저장해 두었을 뿐, 그 번호로 전화하거나 받아본 적이 없었다. 게다가 그날 도훈은 아침 일찍 아이들과 함께 수학여행을 떠났다.

어리둥절한 마음으로 수신 버튼을 눌렀다. 전화기 너머에서 거친 숨소리가 들려왔다.

"여보세요?"

내가 말했다.

"함도훈 선생 누님 되시나요?"

전화한 남자가 말했다. 그는 도훈의 동료 교사라고 했다. 나는 그의 이야기를 듣다가 휴대폰을 떨어뜨리고 말았다. 머릿속이 텅 비고 심장이 요동쳤다.

나는 허둥지둥 회사 건물을 뛰쳐나왔다. 그리고 도로변에서 미친 여자처럼 펄쩍펄쩍 뛰며 손을 흔들었다. 그날따라 빈 택시가 하나도 보이지 않았다. 운전면허를 따지 않은 걸 처음으로 후회했다. 간신히 택시에 올라타는 순간에도 심장은 미친 듯이 뛰었고, 손바닥에서 식은땀이 흘렀다.

유성이 근무하는 대학병원 강당에 마련된 합동 분향소는 통곡 소리로 가득했다. 도훈만 죽은 게 아니었다. 수학여행을 떠났던 많은 아이들이 목숨을 잃었고, 교사 중에서는 도훈이 유일한 희생자였다.

복도에 설치된 대형 텔레비전에서 뉴스 속보가 나왔고, 확인된 사망자의 이름과 나이가 화면 하단에 자막으로 흘러가고 있었다.

"수학여행 중이던 버스에서 방화로 인한 화재가 발생해 많은 인명 피해가 발생했습니다. 현재까지 확인된 사망자는 12명입니다. 나머지 학생들도 연기를 흡입해 병원으로 옮겨져 치료받고 있습니다."

나는 충격에 휩싸였다.

'대체 어떤 인간이 이런 무식한 짓을….'

누가, 왜 아이들이 탄 버스에 불을 질렀는지 밝히지 않은 채 속보는 끝나 버렸다. 혹시라도 추가 소식이 나올까 싶어 나는 텔레비전에서 눈을 뗄 수 없었다.

뉴스 속보가 끝나자, 라면 광고가 나왔고 이어서 화장품 광고가 나왔다. 그리고 또 다른 광고가 계속해서 이어졌다. 대형 참사를 전한 뉴스 속보 다음에 연예인이 웃고 떠들며 라면을 먹고 화장품을 찍어 바르는 광고가 나오다니, 기가 막혔다. 하지만 어쩌겠는가. 누군가는 죽었고, 누군가는 가족을 잃었지만, 다른 누군가는 먹고 살기 위해 라면을 팔아야 하고 화장품을 팔아야 한다.

누군가 뒤에서 내 어깨를 잡았다. 나는 넋이 나간 채로 고개를 돌렸다. 잠시 그가 누구인지 알아보지 못했다. 정신을 차리고 보니 유성이었다. 급하게 달려왔는지 이마에 땀이 맺혀 있었고 숨이 가빴다. 아마도 뉴스 속보에서 내 동생 이름을 보고 달려온 것 같았다. 교사 직업을 가진 함도훈이라는 사람이 세상에 흔하지는 않을 테니까.

"지훈아… 미안하다."

유성이 말했다. 그 한마디가 얼마나 힘들게 나온 것인지, 그의 떨리는 목소리와 눈빛에서 고스란히 드러났다. 하지만 유성이 왜 나에게 사과하는지 이해할 수 없었다. 지금 이 끔찍한 재난 상황에서 설마 나에게 사랑 고백한 것에 대해 사과할 리는 없지 않은가.

"나한테 뭐가 미안하다는 거야?"

나는 혼란스러운 마음에 그를 다그치듯 물었다. 그러나 그는 고개를 숙인 채 입을 열지 않았다. 긴 침묵이 흘렀다. 유성이 고개를 다시 들었을 때 그의 얼굴은 일그러져 있었다.

"사망자 명단을 보고 네 동생이 죽은 걸 알았어."

"미안하다는 이유가 도훈이 때문이야? 그건 네 잘못이 아니야."

"그 말이 아니야, 지훈아."

유성의 입술이 파르르 떨렸다.

"그 말이 아니라니? 그럼 도대체 뭐가 미안하다는 거야?"

"그게… 버스에 불을 지른 범인이… 한주연이야."

순간 세상이 멈춘 것 같았다. 공기조차 흐름을 멈춘 듯 나는 갑자기 숨이 막혀왔다.

"한주연? 내가 아는 그 한주연?"

"그래, 맞아. 방화범이 주연이라는 사실을 나도 조금 전에 알았어. 경찰이 조사 중인데 살아남은 아이들이 하나같이 주연이가 불을 질렀다고 말했대. 설마 했는데 확인해 보니까 우리가 알고 있는 한주연이 맞아."

오래전 꿈에서 본 주연의 모습이 떠올랐다. 텅 빈 배 위에서 나에게 간을 공여해 달라고 했던 아이. 얼굴이 일그러지며 온갖 저주의 말을 퍼붓던 장면. 그리고 배를 집어삼키던 불길까지. 이 모든 것이 현실로 이어진 것이었다.

그제야 유성이 나에게 미안하다고 한 이유를 깨달았다.

나에게서 전염된 망상적 죄책감.

과거 신생아실 방화 사건이 발생했을 때처럼, 유성은 내가 꾼 꿈 이야기를 무시하고 자신이 주연을 간이식 수술로 살려냈기 때문에 결과적으로 도훈과 많은 아이들이 희생되었다고 자책하는 것이었다.

"설마… 그럴 리가…. 그 아이는 과학고에 다니는데… 어떻게…."

"얼마 전에 이 학교로 전학 왔대. 그것도 하필 네 동생이 담임을 맡은 학급으로."

"주연이가 왜 과학고를 그만두고 일반고로 전학을 와?"

"자세한 사정은 나도 몰라."

당장 주연을 만나야 했다. 그리고 물어야 했다. 대체 왜 이런 짓을 저질렀는지.

"주연이는 지금 어디 있어?"

내가 묻자 유성은 고개를 떨구며 힘겹게 대답했다.

"그 아이도… 죽었어."

순간 나는 그 자리에서 털썩 주저앉았다. 유성은 무릎을 꿇고 내 옆에 앉아 아무 말도 하지 않았다.

나는 주연의 마지막 모습과 도훈의 생전 모습을 떠올렸다.

두 사람의 운명과 나의 운명이 얽힌 이 복잡한 고리를 어떻게 받아들여야 할지 막막했다.

*

도훈과 아이들의 합동 장례식은 깊은 비통 속에서 치러졌다. 희생자들의 영정 사진 앞에 하얀 국화가 소복이 쌓였고, 조문객들은 고개를 숙이며 눈물로 마지막 인사를 전했다. 장례식장 곳곳에 흐느끼는 소리가 잦아들 새 없이 이어졌고, 침울한 공기는 끝내 가라앉지 않았다.

주연의 영정 사진도 한쪽에 있었다. 그러나 다른 유족들의 강한 반대로 결국 치워지고 말았다. 주연의 사진이 처음 놓였을 때, 몇몇 유족들은 분노를 참지 못하고 소리를 질렀다. 어떻게 가해자의 사진을 여기 둘 수 있느냐는 항의가 빗발쳤고, 결국 장례식장에 머물던 교사가 사진을 옮기는 수밖에 없었다. 사진이 치워진 후에도 긴장감은 가시지 않았다.

나는 주연의 부모에게 묻고 싶었다. 왜 아이가 과학고를 그만뒀는지, 왜 버스에 불을 질렀는지. 그러나 그들은 끝내 장례식장에 나타나지 않았다. 아마도 자신들의 아이가 방화범으로 밝혀진 상황에서, 다른 희생자의 유족들과 마주할 용기가 없었을 것이다. 자식의 행동이 가져온 비극에 대한 사회적 비난과 유족들의 원망을 감당할 자신이 없었을 테니까.

그들의 부재는 주연의 행동과 그 이유에 대해 어떤 해명도 들을 수 없게 만들었다. 나는 머릿속으로 무수한 질문을 던졌지만 대답은 어디에도 없었다.

장례식장에서 만난 교사들에게 주연이 과학고를 그만두고 일반고로 전학 온 이유를 물었지만, 누구도 사정을 아는 사람은 없었다. 다만, 주연이 한 달 전 전학 온 뒤 눈에 띄지 않고 조용히 지냈다는 이야기만 들을 수 있었다. 그 이상의 정보는 없었다. 아이의 전학 배경은 여전히 미스터리로 남아 있었다.

장례식 마지막 날, 경찰과 소방 당국은 사건 조사 결과를 발표했다. 주연이 인화 물질과 라이터를 소지하고 버스에 탑승해 범행을 저질렀을 가능성을 제기했지만, 범행 동기와 경위는 여전히 밝혀지지 않았다. 그들은 주연이 사망했기 때문에 진상을 규명하는 데 한계가 있다고 변명했다. 유족들이 항의하자, 경찰은 수사가 계속 진행 중이라며 조속히 실체를 규명하겠다는 말만 되풀이했다.

닷새 만에 집으로 돌아왔다. 현관문을 열고 들어서자 도훈의 흔적들이 사방에 남아 있었다. 신발장 위에는 그의 운동화가 가지런히 놓여 있었고, 거실 소파 위에는 그가 마지막으로 펼쳐 놓았던 수학 교재가 그대로였다. 나는 한 발자국을 내딛는 것조차 힘겨웠다.

운명의 불길 속에서

도훈의 방문 앞에 섰다. 손잡이에 손을 올렸지만 끝내 문을 열지 못했다. 그 방 안에 남아 있을 그의 냄새, 그의 흔적을 마주할 용기가 나지 않았다.

허기가 느껴졌다. 눈길이 자연스레 냉장고로 향했다. 냉장고 문에 도훈이 남긴 메모가 붙어 있었다.

'냉장고에 김밥 있어.'

냉장고에서 김밥을 꺼냈다. 편의점 김밥이었다. 도훈이 수학여행을 떠나면서 점심으로 준비했던 모양이다. 내 몫으로 하나 더 산 건지, 아니면 그냥 남겨둔 건지 알 수 없었다. 그런데 이미 유통기한이 지났다. 나는 김밥을 그대로 쓰레기통에 던져버렸다. 손끝에 남은 차가운 비닐의 감촉이 왠지 생경하게 느껴졌다.

냉장고 문을 닫고 돌아서 식탁에 앉았다. 식탁 한쪽에는 도훈이 먹다 남긴 빵 조각이 락앤락 용기에 담겨 있었다. 나는 그것으로 허기를 달래며 생각에 잠겼다.

주연이 죽었기 때문에 사건의 전말을 알아낼 방법은 추측뿐이었다.

'주연이 과학고를 그만두고 일반고로 전학 온 이유는 무엇이었을까?'

수업을 따라가기 벅찼거나 치열한 경쟁에 지쳐 포기했을 가능성이 컸다. 다른 가능성은 왕따였다. 극심한 괴롭힘을 당해 전학을 왔고, 그 상처를 극복하지 못한 끝에 사고를 저질렀을 수도 있다. 유성이 말했던 대로, 아이에게 조현병 성향이 있었다면 '다 같이 죽자.'는 심정으로 그랬을 가능성도 있다. 하지만 설령 그런 이유였다 해도, 과학고에서 쌓인 상처나 분노를 굳이 전학 온 학교에서 풀 이유는 없었다. 그런 이유였다면 차라리 과학고 학생들을 대상으로 했겠지.

주연이 방화를 저지르고도 도망치지 않았다는 사실이 계속 머릿속에 맴돌았다. 계획이 어긋나 피하지 못했던 걸까, 아니면 처음부터 모두와 함께 죽으려 했던 걸까. 후자일 가능성이 더 커 보였다. 버스에 타고 있던 아이들 모두와 함께 죽겠다는 심보. 자신의 행동을 책임지지 않으려는 가장 비겁한 선택이었다.

주연이 왜 그처럼 끔찍한 짓을 저질렀는지, 그 이유를 반드시 알아야 했다. 답은 그의 부모에게서 들을 수 있을지도 모른다. 나는 그들을 만나야겠다고 결심했다. 그들을 만난다고 해서 이 비극이 사라지거나 고통이 덜어질 리는 없겠지만, 도훈의 죽음에 대한 책임을 그들에게 물을 필요가 있었다.

*

주연의 부모는 내 전화를 받지 않았다. 아니, 휴대폰이 모두 꺼져 있었다. 어쩔 수 없이 나는 무작정 주연의 집으로 찾아가기로 했다.

운명의 불길 속에서

머릿속이 복잡하게 뒤엉킨 채, 어느새 주연의 집 앞에 도착했다. 나는 초인종을 눌렀다. 잠시 후, 스피커에서 낯선 여자의 목소리가 들려왔다.

"누구세요?"

"주연이 일 때문에 왔습니다."

"주연이요?"

"네."

짧은 침묵이 흘렀다. 그녀는 냉랭한 목소리로 말했다.

"여기 그런 사람 안 살아요. 잘못 찾아오신 것 같네요."

나는 당황한 목소리로 말했다.

"그럴 리가요. 분명히 주연이네 집이 맞는데요."

"여기 그런 사람 없다고요. 다시 벨 누르지 마세요."

나는 어쩔 줄 몰라 한동안 문 앞에 서 있었다. 주연의 가족이 이사했을 가능성은 전혀 생각하지 못했다. 이 고급 주택을 두고 대체 어디로 떠났을까?

주연이 저지른 방화 사건 이후 이웃들의 시선과 비난을 견딜 수 없었을 것이다. 도망치듯 떠날 수밖에 없었겠지. 하지만 불과 닷새 사이에 그들이 이사를 갔고, 다른 누군가가 이 집에 들어왔다는 건 쉽게 납득하기 어려웠다.

혹시 사건이 벌어지기 전에 이미 이사했던 걸까? 집을 팔고 떠난 걸까, 아니면 세를 놓은 걸까? 머릿속에서 가능성을 하나씩 정리해 보았지만 어떤 것도 확신할 수 없었다.

혹시 그들이 정말로 사회적 비난을 피해 숨어버린 걸까? 이러한 생각이 들자 마음 한구석에서 서늘한 분노가 피어올랐다. 그렇게 떠났다면, 아무것도 말하지 않은 채 모든 진실을 묻어버리겠다는 의미일까?

주연의 가족이 언제 이 집을 떠났는지만이라도 알고 싶어 다시 초인종을 눌렀다. 그러나 이번에는 스피커에서 아무 대답도 들려오지 않았다. 집 안에서 여자가 모니터에 비친 나를 노려보는 시선이 느껴졌다.

주연의 부모가 어디에 있는지 알아내야 했다. 경찰은 알고 있을 것이다. 하지만 개인정보 보호를 이유로 경찰이 주연의 부모 주소를 나에게 알려 줄 리 없었다. 더군다나 방화 사건으로 주연의 부모가 비난의 중심에 선 상황에서, 경찰은 그들의 안전을 고려하지 않을 수 없을 것이었다.

간이식을 받은 주연도 나처럼 정기적으로 병원에 다녔을 테니, 유성이 새 주소를 확인해 줄 수 있을지도 몰랐다. 하지만 유성에게 연락하는 건 꺼려졌다. 사랑 고백 이후 어색해진 관계도 문제였지만, 무엇보다 도훈의 죽음과 주연이 저지른 방화 사건을 자기 탓으로 돌리고 있는 그의 죄책감을 자극하고 싶지 않았다.

주연이 다녔던, 도훈의 학교에서 단서를 찾는 수밖에 없었다. 만약 주연의 가족이 방화 사건 이전에 이사했다면, 학교생활기록부에 새 주소가 남아 있을지도 몰랐다. 나는 그 기록에 의지할 수밖에 없었다. 학교가 이 사건 이후로 폐쇄적이고 경계심을 보이는 분위기를 감안할 때, 쉽게 정보를 얻기는 어려울 것이었다. 그래도 시도는 해봐야 했다.

사고 이후 병원, 분향소, 그리고 장례식장에서 유족들을 돕던 교사들이 있었다. 비상대책팀으로서 활동하던 그들 중에는 도훈의 사망 소식을 내게 전했던 교사도 있었다. 그는 도훈이 다녔던 사범대학의 직속 선배로, 도훈과 가까이 지냈다고 했다. 또 도훈이 '우리 누나도 사범대학을 졸업했고 교육 콘텐츠 사업을 한다.'라고 자랑스럽게 이야기했던 걸 기억한다고 했다.

김민호 선생. 그의 이름이 문득 떠올랐다. 지금 상황에서 도움을 받을 수 있는 유일한 사람일지도 몰랐다.

나는 도훈이 근무했던 학교로 전화를 걸었다.

"김민호 선생님과 통화하고 싶은데요."

"무슨 일로 전화하셨죠? 학부형이신가요?"

수화기 너머로 들려오는 여자의 목소리는 차분했지만 차가운 경계심이 느껴졌다.

"아닙니다. 저는 함도훈 교사의 누나인데…."

"아…."

잠시 어색한 침묵이 흐른 뒤 그녀가 말을 이었다.

"전화 끊지 말고 잠깐만 기다리세요. 김민호 선생님 지금

회의 중인데, 잠깐 나와 보라고 하겠습니다."

몇 분간의 정적이 흐른 후, 귀에 익은 목소리가 수화기 너머에서 들려왔다.

"여보세요? 함도훈 선생 누님이시라고요? 무슨 일로 저를 …?"

"다름이 아니라 한주연 학생의 주소를 알고 싶어서요."

"그건 왜…."

"사실, 제가 예전에 3년 넘게 주연이의 과외교사를 했었습니다. 이번 사건 때문에 주연이네 부모님을 만나보고 싶어서 집으로 찾아갔는데, 이사를 가신 것 같더라고요. 혹시 새 주소를 학교에서 알 수 있을까 해서요."

침묵이 흘렀다. 그의 망설임이 느껴졌다.

"저기… 죄송하지만 그건 알려드릴 수 없습니다. 학교도 학생 개인정보 관리가 엄격해서요."

나는 깊은 한숨을 내쉬었다. 더 할 말이 떠오르지 않았다. 사정을 하고 싶었지만 그렇게 해서 해결될 문제가 아니었다. 그런데 잠시 후, 김민호 선생이 낮은 목소리로 말했다.

"실은… 옆에 다른 선생님이 계셔서 바로 말씀드리기 어려웠습니다. 주연이 주소를 알려드릴게요."

나는 얼른 휴대폰 메모장을 열고 그의 말을 받아 적었다.

주소의 마지막 부분이 낯익었다.

B01호.

운명의 불길 속에서

아버지가 죽은 뒤 내가 한동안 살았던 반지하. 그 낯익은 'B'가 의미하는 건 지하, 어둠, 그리고 끝없는 추락 같았다.

고급 주택에 살던 주연의 가족이 연립주택의 반지하로 이사했다. 과학고에 다니던 주연은 일반고로 전학 왔다. 그리고 전학 온 지 불과 한 달도 지나지 않아서 끔찍한 일을 저지른 뒤 생을 마감했다.

내가 연락을 끊고 지내는 동안 그들에게 대체 무슨 일이 있었던 걸까? 그들의 삶에 무슨 변화가 있었기에, 이토록 비참한 결말로 이어졌던 것일까? 이 질문들이 머릿속에서 떠나지 않았다. 나는 그 답을 주연의 부모가 숨어 있는 반지하에서 찾을 수 있을 거라고 생각했다.

*

어둡고 좁은 출입구, 녹슨 우편함, 빛이 잘 들지 않는 작은 창문. 고급 주택에서 허름한 반지하로 밀려난 주연의 가족 모습을 상상하니 마음이 몹시 불편했다. 삶의 무게가 얼마나 가혹하게 그들을 짓눌렀을지… 상상만으로도 가슴이 답답했다.

초인종을 눌렀다. 안에서는 아무 소리도 들리지 않았다. 잠시 기다렸다가 이번에는 문을 두드렸다. 여전히 대답이 없었다. 집 안에 아무도 없는 걸까? 혹시 내가 찾아온 걸 알고 일부러 문을 열지 않는 걸까? 다시 초인종을 누르려던 그때 등 뒤에서 여자의 날 선 목소리가 들려왔다.

"누구세요?"

돌아보니 검은색 트레이닝복을 입은 중년 여자가 나를 위아래로 훑어보고 있었다. 그녀의 눈빛에는 경계와 피로감이 서려 있었다.

"여기가 주연이네 집 맞나요?"

"그런데요. 무슨 일로 오셨죠?"

"주연이 부모님을 만나러 왔습니다. 저는 얼마 전에 있었던 버스 화재 사고 희생자의 가족입니다."

그녀는 미간을 찡그렸다. 그러더니 입술을 꾹 다문 채 나를 바라보았다. 몇 초간의 침묵 끝에 그녀가 입을 열었다.

"주연이 가족은 이제 여기 안 살아요. 그러니까 그냥 돌아가세요."

그녀의 단호하고 공격적인 말투에 나는 주저했지만, 이대로 물러설 수 없었다.

"저기… 실례지만 주연이 가족과는 어떤 관계신가요?"

"주연이 이모예요."

나는 숨을 고르며 진심 어린 목소리로 말했다.

"저는 예전에 주연이를 가르쳤던 과외교사입니다. 그리고 무슨 우연인지 몰라도, 제 동생이 주연이 담임 교사였는데 이번 사고로 목숨을 잃었습니다."

그녀는 놀란 기색을 감추지 못했다. 잠시 말없이 나를 바라보더니 조금 부드러워진 목소리로 말했다.

"그분이셨군요. 언니가 선생님 이야기 많이 했어요. 선생님 덕분에 주연이가 과학고에 갈 수 있었다고요. 그런데…."

그녀는 잠시 머뭇거리더니 말을 이었다.

"이런, 내 정신 좀 봐. 귀한 손님을 이렇게 밖에 세워 두다니."

그녀는 주연의 집 열쇠를 가져온다며 계단을 올라갔다. 이곳 연립주택 어딘가에 살고 있는 것 같았다.

"들어오세요."

나는 그녀를 따라 주연의 집 안으로 들어갔다. 눅눅한 공기가 나를 맞았다. 낮은 천장과 어두운 벽지, 구석에 쌓인 잡동사니들. 반지하 특유의 답답함이 온몸을 휘감았다.

나는 그녀가 손짓으로 가리킨 작은 소파에 앉았다. 소파 테이블 위에는 주연의 가족사진이 놓여 있었다. 사진 속에서 밝게 웃고 있는 주연의 모습은 지금의 현실과 너무도 대조적이었다.

잠시 후 그녀가 물 한 잔을 내오며 말했다.

"주연이 부모님을 만나러 오셨다고 했죠? 어떤 일로…."

"주연이 부모님은 지금 어디 계시나요?"

내 질문에 그녀의 표정이 돌처럼 굳어졌다.

"두 분 다 돌아가셨어요."

"어쩌다가…?"

의외의 답변에 나는 말문이 막혔다. 그녀는 깊은 숨을 내쉬며 낮은 목소리로 말했다.

"형부가 사업을 하셨는데… 출판사를 운영하셨어요."

나는 주연의 아버지가 사업가라는 사실을 알았지만, 그가 출판사를 운영한다는 건 몰랐다. 하지만 지금 중요한 건 사업의 구체적인 내용이 아니었다. 이 가족이 어떻게 이렇게까지 몰락했는지, 그리고 그 과정에서 주연이 어떤 영향을 받았는지 알고 싶을 뿐이었다.

"최근 몇 년 동안 형부가 사업에 투자를 많이 하셨는데 얼마 전에 부도가 나면서 빚을 감당할 방법이 없었어요. 그러다가 결국… 스스로 목숨을…."

그녀의 목소리는 담담했지만, 표정에서 쓸쓸함과 깊은 슬픔이 배어 나왔다.

"주연이 어머니는요?"

"언니는 주연이 때문에 죽고 싶어도 못 죽는다면서 여기저기 일하러 다녔어요. 주연이는 과학고를 그만두고 이번에 사고가 난 학교로 전학 왔고요. 경제적인 문제도 그랬지만, 숨막혀서 더는 과학고를 다닐 수 없다고 해서요."

그녀는 한숨을 길게 내쉰 뒤 말을 이었다.

"그런데 얼마 지나지 않아서… 언니는 새벽에 일을 나가

다가 교통사고를 당했어요. 그래서 주연이 혼자 지냈어요. 제가 밥이라도 챙겨주려고 했는데… 문을 안 열어 줘서. 나중에는 밥을 문 앞에 두기만 했어요."

그녀의 말을 듣는 내내 가슴 한구석이 점점 더 무거워졌다. 짧은 시간에 모든 것을 잃은 아이가 어떤 마음으로 살아왔을지 상상조차 할 수 없었다. 특히 가족의 연쇄적인 비극이 주연의 내면을 얼마나 갉아먹었을지 생각하니, 나 역시 숨이 막혔다.

"말씀해 주셔서 감사합니다. 힘든 이야기였을 텐데…"

내가 말했다. 주연의 이모는 조용히 고개를 끄덕였다. 그녀의 눈가가 붉어진 것을 보며, 이 이야기를 꺼낸 것이 그녀에게도 얼마나 힘든 일이었을지 깨달았다.

"한 달 사이에 이렇게 바뀌더라고요. 고작 한 달 만에… 형부가 이제 떼돈을 벌 거라며 웃고 떠들던 때가 엊그제 같은데…"

집으로 돌아가는 길, 나는 지하철에 몸을 실었다. 전동차 한쪽에 기대어 창밖을 바라보았다. 붉은 석양이 희미하게 창문을 타고 스쳐 갔다. 흔들리는 차창 너머로 빠르게 스쳐 지나가는 풍경을 보며, 주연의 가족이 겪었던 일을 곱씹었다. 아이가 끔찍한 짓을 저지른 뒤 스스로 생명을 버린 이유를 이제 알 것 같았다.

천국이 지옥으로 바뀌는 데 한 달이면 충분했다. 불과 한 달 사이, 주연의 가족은 완전히 무너졌다. 주연의 아버지는 번창하는 출판사의 사장이었고, 어머니는 여유로운 주부였다. 주연 역시 과학고에 다니며 부모의 지원 아래 꿈 많은 학생으로 지냈다. 그러나 부도의 충격이 모든 것을 뒤집어 놓았다. 가족은 고급 주택에서 반지하로 밀려났고, 아버지는 결국 스스로 생을 마감했다. 어머니마저 생계를 위해 새벽마다 일을 나가다가 사고로 세상을 떠났다.

모든 것을 잃은 주연은 정신적으로 무너졌고, 결국 수학여행에서 끔찍한 방화를 저지른 뒤 스스로 생을 포기했을 것이다. 어른이고 아이고, 누구라도 그런 한 달을 보냈다면 무너질 만했다. 하지만 그렇더라도 주연이 자신과 아무 상관없는 사람들에게 해를 끼친 것은 절대로 용서받을 수 없는 일이었다. 아이의 선택은 너무나 이기적이었고, 그 대가로 희생된 사람들의 삶은 되돌릴 수 없었다.

가방에서 진동이 느껴졌다. 휴대폰을 꺼내 보니 이태서 팀장의 전화였다. 곧 진동이 멈췄고 이내 문자 메시지가 도착했다.

'대표님, 내일은 출근하십니까? 많이 힘드시겠지만 확인하셔야 할 일들이 많습니다.'

나는 짧게 답장을 보냈다.

'내일 나갑니다.'

휴대폰을 손에 든 채, 나는 한참 동안 꺼진 액정을 바라보았다. 이태서 팀장의 메시지가 마치 현실로 돌아오라는 경고처럼 느껴졌다. 하지만 그 현실로 돌아갈 자신이 없었다.

상실로 얽힌 인연

 엿새 만에 회사로 돌아왔다. 익숙한 장소였지만 모든 것이 변한 듯했다. 불과 엿새 전만 해도 나는 성공적인 CEO로서 안정적인 회사를 운영하고 있었다. 스마트 과학 학습 앱은 큰 호응을 얻었고, 특히 무료로 제공된 콘텐츠는 가난한 학생들에게 큰 도움이 되며 보람을 느끼게 했다. 그러나 지금은 그 어떤 영광도, 보람도 느낄 수 없었다.
 사무실로 들어서자 직원들이 가볍게 목례하며 인사했다. 하지만 나와 눈을 마주치는 사람은 없었다. 나에 대한 동정과 불편함이 뒤섞인 묘한 분위기가 느껴졌다. 낮게 속삭이는 말소리가 귀에 스쳤을 뿐, 아무도 '힘내세요.' 같은 형식적인 위로를 건네지 않았다. 내가 그런 겉치레 인사를 싫어한다는 사실을 모두 알고 있었기 때문일 것이다.

 대표실 문을 닫고 중역 의자에 몸을 기댄 채 천장을 바라보았다. 천장에 고정된 조명이 눈부셨다. 평소 같았으면 결재 서류를 처리하거나 중요한 업무에 대해 고민했겠지만, 지금은 손을 뻗어 서류 하나 집어 드는 일조차 버거웠다.

 블라인드 틈 사이로 누군가의 시선이 느껴졌다. 나를 엿보고 있는 듯했다. 그때 갑작스레 문이 열렸다. 이태서 팀장이었다. 내가 실력과 추진력을 보고 채용한 직원이었다. 평소 그의 저돌적인 업무 태도는 만족스러웠지만, 지금은 상황이 달랐다. 모두가 내 눈치를 보는 와중에 허락도 없이 문을 열고 들어온 그의 태도가 신경에 거슬렸다.

 이 팀장은 내 앞에 서서 단도직입적으로 말했다.

 "대표님, 힘드신 건 알지만 이제 정신 좀 차리셔야 합니다. 인원 충원 건도 결재하셔야 하고요."

 대표에게 정신을 차리라니, 순간 어이가 없었다. 그는 평소 자신의 실력을 입증하며 회사에 큰 기여를 해 온 사람이었다. 그의 직언에 불쾌함을 느끼면서도, 그런 말을 할 자격이 있다고 받아들일 수밖에 없었다. 하지만 적어도 지금 이 순간만큼은 그의 말을 이어 듣고 싶지 않았다.

 "나중에 얘기하시죠."

 나는 의자 등받이를 뒤로 젖히며 깊숙이 몸을 기댔다. 그러나 그는 물러서지 않았다. 오히려 한 걸음 더 다가서며 다시 입을 열었다.

"그게 왜 대표님 잘못입니까?"

그 말에 나도 모르게 고개를 들었다. 그의 말투는 단호했고 그 단호함이 나를 일깨우는 듯했다.

'내 잘못이라니? 대체 무슨 이야기를 하는 거지?'

내가 도훈의 죽음에 대해 자책하고 있다고 생각한 걸까? 아니면 중요한 시기에 회사를 며칠간 비운 걸 두고 하는 말일까? 그의 말뜻을 이해하기 어려웠다.

이 팀장은 멈추지 않았다.

"대표님이 의도적으로 망하게 하려던 건 아니잖아요. 오래전부터 진행해 왔던 프로젝트였고, 두 사업이 겹친 건 단순한 우연이었어요."

'프로젝트? 두 사업이 겹쳤다고?'

나는 그가 무슨 말을 하는 건지 도무지 이해할 수 없었다. 내 얼굴에는 당혹스러움이 가득했을 것이다. 이 팀장은 그런 내 표정을 보고도 계속 말을 이어갔다.

"대표님, 쉬는 동안 그걸 다 잊으신 겁니까?"

참다못한 나는 신경질적으로 말했다.

"이 팀장, 도대체 무슨 말을 하는 겁니까? 나는 동생 일로 힘들긴 했지만 잘 회복하고 있습니다. 내 걱정하지 말고 나가서 본인 업무에 집중하세요."

이 팀장은 놀란 표정으로 말했다.

"네? 대표님 동생분께 무슨 일이 생겼나요?"

이번에는 내가 놀랐다.

'무슨 소리야? 내 동생이 죽은 걸 모른다고?'

이 팀장은 나를 의아한 눈빛으로 바라보며 조심스럽게 말했다.

"대표님, 정말 죄송합니다만… 저는 대표님께 동생이 있다는 사실조차 몰랐습니다. 대표님께서 가족 이야기를 하신 적이 없어서요."

그제야 깨달았다. 나는 직원들에게 동생에 대해 이야기한 적이 없었다. 장례식에 직원들이 조문을 오지 않은 이유도 바로 그것이었다. 내가 알리지 않았으니, 그들이 도훈의 죽음을 알 리 없었다.

"네, 동생이 있었습니다. 그리고… 이제는 없습니다. 동생은 며칠 전에 세상을 떠났습니다."

이 팀장은 당황한 표정으로 나를 바라보았다. 어색한 침묵이 흐른 뒤, 그가 다시 입을 열었다.

"장례식 때문에 결근하신 거였군요. 정말 죄송합니다. 몰랐습니다."

나는 고개를 끄덕였다.

"그럴 수 있습니다. 제가 말하지 않았으니까요."

그는 안도의 한숨을 내쉬며 말했다.

"그래도 다행입니다."

"다행이라고요?"

나는 당혹스러웠다. 이 팀장은 자신의 말이 부적절했음을 깨달은 듯 황급히 말을 고쳤다.

"저는 대표님이 이번 일 때문에 자책하시느라 회사에 안 나오시고 전화도 안 받으신 줄 알았습니다."

나는 의자를 바로 세우고 앉았다. 그의 말이 점점 더 이상하게 들렸다.

"자책이라뇨? 내가 자책할 이유가 뭐죠? 그리고 '이번 일'이라는 게 정확히 뭔가요?"

"스마트 과학 학습 애플리케이션 프로젝트요. '세상의 모든 과학'이요."

"그 프로젝트가 왜요? 무슨 문제라도 있나요? 분명히 잘 되고 있는 걸로 아는데."

나는 어리둥절한 표정으로 그를 바라보았다. 이 팀장은 머뭇거리다 말했다.

"대표님, 혹시 '오르비사이언스'라는 회사를 아십니까?"

나는 고개를 갸우뚱하며 말했다.

"들어본 적은 있죠. 과학 전집으로 유명한 출판사 아닌가요?"

"맞습니다. 그 회사 대표가 최근 스스로 목숨을 끊었습니다. 그리고…"

그는 말을 멈추고 뜸을 들이더니, 더 이상 말하고 싶지 않은 듯 곤혹스러운 표정을 지으며 말을 이었다.

"그리고 그 방화 사건, 그러니까 고등학교 수학여행 버스 화재 사건을 일으킨 학생이 바로 그 대표의 아들입니다."

순간 내 머릿속은 하얘졌다.

"그런데… 그게 나와… 그러니까… 우리와 그 사건이 어떤 관계가 있다는 거죠?"

이 팀장은 한숨을 내쉬었다.

"오르비사이언스는 초중고 학생들에게 필요한 과학 정보를 집대성한 전집을 곧 론칭할 예정이었다고 합니다. 십 년 이상 투자한 프로젝트였죠. 그런데 우리가 유사한 콘셉트로 '세상의 모든 과학' 앱을 무료로 출시하면서, 전국 학교에 납품하기로 했던 가계약이 모두 취소되었답니다. 요즘 학생들은 종이책보다 모바일 애플리케이션에 훨씬 더 익숙하잖아요. 게다가 무료 앱이 있는데 굳이 비싼 전집을 구매할 이유가 없었던 겁니다. 그래서 학교들이 오르비사이언스와의 계약을 취소하고 우리 앱을 채택하기로 한 겁니다."

"그러니까 우리 프로젝트가 오르비사이언스를 망하게 했다는 뜻인가요?"

내 질문이 끝나기도 전에 이 팀장은 고개를 끄덕이며 답했다.

"의도한 건 아니었지만 결과적으로 그렇게 되었습니다.

오르비사이언스 대표가 극단적 선택을 했고, 아들은 정신적 충격으로 묻지마 테러를 했다는…. 그래서 저는 대표님이 그 일로 자책하시지 않을까 걱정했던 겁니다. 대표님 잘못은 전혀 아니지만, 이런 일이 생기다 보니…."

나는 깊은 한숨을 내쉬며 고개를 저었다.

"그건 우리 잘못이 아니에요. 우리는 단지 시장의 니즈를 충족시킨 것뿐입니다."

그렇게 말했지만 머릿속은 여전히 혼란스러웠다. 내 프로젝트가 의도치 않게 한 회사를, 한 가정을 무너뜨렸다. 잘못한 게 전혀 없는데 큰 잘못을 저지른 것처럼 느껴졌다. 내 가슴은 점점 더 무거워졌다.

나는 주연 가족의 비극에 책임이 없다고 믿으려 했지만, 스스로를 설득할 수 없었다.

'내가 주연의 아버지를 죽게 했고, 그로 인해 주연의 어머니가 죽었으며, 결국 주연이 방화를 저질러 도훈과 학생들이 죽었다.'

나는 그저 열심히 살았을 뿐이었다. 누군가를 죽일 의도도, 누군가의 행복을 빼앗으려는 생각도 없었다. 다수를 위해 최선을 다한 결과였을 뿐. 그런데 그 다수의 행복이 누군가에겐 비극이 되고 말았다.

이태서 팀장은 조용히 문을 열고 나가려 했다. 나는 그를 불러 세웠다.

"오르비사이언스 대표와 아들에 대한 이야기를 어떻게 알게 된 거죠?"

"제가 10년 넘게 출판사에서 일했다는 사실을 잊으신 건 아니겠죠?"

나는 고개를 갸우뚱하며 그의 다음 말을 기다렸다.

"출판업계에서는 이미 다 알려진 이야기입니다. 오르비사이언스의 과학 전집 프로젝트가 얼마나 큰 투자였는지, 그리고 그 가족의 비극에 대해 모두 알고 있죠."

그는 씁쓸한 미소를 지으며 대표실을 나갔다.

갑자기 목을 조여 오는 듯한 불쾌하고 불안한 감정이 엄습했다. 가슴 속에서 무언가 차오르는 듯한 느낌이 들었고, 숨을 쉬는 것조차 힘들었다. 방 안의 공기가 갑자기 무겁게 느껴졌고, 사소한 소음조차 날카롭게 귀를 찔렀다.

'혹시 주연은 도훈이 내 동생이라는 사실을 알고 있었던 걸까? 아버지의 사업을 파탄에 이르게 하고, 가정을 무너뜨린 나에게 복수하려고 도훈을 희생시킨 건 아니었을까?'

이런 생각이 꼬리를 물자 더 이상 견딜 수 없었다.

나는 떨리는 손으로 휴대폰을 들고 유성에게 전화를 걸었다. 손끝이 심하게 떨려 버튼을 누르는 것조차 힘겨웠다. 벨이 두 번 울리기도 전에 그가 전화를 받았다.

"지훈아, 무슨 일이야?"

유성의 평소와 다름없는 목소리가 내 신경을 자극했다.

"너, 주연이 아버지 회사가 왜 망했는지 알고 있었어?"

나는 차분하게 말하려 했지만 목소리 끝은 날카로웠다. 그는 침묵했다. 유성은 이미 알고 있었다. 그의 침묵은 곧 긍정이었다.

한참 뒤에야 유성이 입을 열었다.

"너… 무슨 이야기 들었어?"

나는 대답하지 않았다. 내 침묵 역시 긍정의 대답이었다. 유성은 낮게 한숨을 내쉬었다.

"지훈아, 그건 네 잘못이 아니야. 그러니까 자책하지 마."

그의 위로가 귀에 들어오지 않았다. 오히려 그의 말이 나를 더 분노하게 했다.

나는 단호한 목소리로 물었다.

"넌 그걸 어떻게 알았어?"

유성은 잠시 망설이다 말했다.

"지난달에 주연이 어머니가 나를 찾아왔어. 주연이가 간 내과에 검진을 받으러 왔는데, 어머니 혼자 잠깐 내 진료실에 들렀거든. 인사차 들른 거였는데, 그때 주연이 아버지가 돌아가셨다는 이야기를 들었어."

내 손은 부들부들 떨렸다.

"그게 다야? 더는 몰라?"

유성은 깊은 한숨을 내쉬며 말을 이어갔다.

상실로 얽힌 인연

"주연이 아버지가 출판사를 운영하셨는데, 스마트 과학 애플리케이션 때문에 부도가 났다고 하더라. 어머니는 그게 네 회사에서 개발한 앱이라는 사실을 모르시는 것 같았고."

"그런데 왜 나한테 말하지 않았어? 우리 회사에서, 아니 내가 만든 앱 때문에 그 회사가 망했고, 주연이 아버지가 죽었다는 사실을 왜 숨겼냐고?"

유성은 짧은 침묵 끝에 대답했다.

"그건 네 잘못이 아니잖아. 네가 그걸 알아서 좋을 일도 없으니까."

"주연이가 전학 온 건? 그러니까 도훈이가 담임을 맡은 반으로 전학 온 것도 알고 있었어?"

유성은 급히 대답했다.

"아니, 그건 몰랐어. 나는 네 동생이 그 학교에서 근무하는지도 몰랐어. 네가 나한테 말한 적 없잖아."

나는 일방적으로 전화를 끊어버렸다. 휴대폰을 내려놓고도 손끝이 떨렸다.

진동 소리가 울렸다. 유성의 전화였다. 나는 받지 않았다.

에필로그

 집 안은 깊은 적막에 잠겨 있었다. 도훈의 방 앞에 멈춰 섰다. 닫힌 문이 마치 넘을 수 없는 벽처럼 느껴졌다. 오랫동안 서성이다가 조심스럽게 손을 뻗어 문을 열었다.
 방 안은 그대로였다. 마치 시간이 멈춘 듯, 모든 것이 도훈이 떠나기 전 모습 그대로였다. 커튼 사이로 들어오는 희미한 빛이 책상을 스치고 있었다. 방 안의 공기에는 아직도 그의 흔적이 남아 있는 듯했다. 옷장 문이 열린 틈으로 도훈이 자주 입던 셔츠가 보였다.
 책상 위에 도훈이 친구들과 찍은 사진이 놓여 있었다. 사진 속 도훈은 환하게 웃고 있었다. 나는 그 웃음을 오래 바라보지 못하고 시선을 돌렸다. 사진 옆에는 도훈이 자주 쓰던 필기구와 수첩이 가지런히 놓여 있었다. 수첩을 펼치자 그의 손 글씨가 눈에 들어왔다.

'내가 가르친 아이들이 세상에 도움이 되는 사람이 되었으면 좋겠다.'

글씨는 투박했지만 그 안에 담긴 마음은 선명했다. 마치 도훈의 목소리가 들려오는 것만 같았다.

나는 천천히 숨을 내쉬며 수첩을 덮었다. 손끝으로 수첩의 표지를 쓰다듬으며, 그가 가졌던 꿈과 희망을 떠올렸다.

그날 밤, 꿈을 꾸었다.

텅 빈 바다 위에 정박한 여객선. 어둠 속 갑판 위에 한주연이 서 있었다. 나는 주연에게 다가가려 했지만, 발이 움직이지 않았다.

불길이 갑판 위를 집어삼켰다. 주연의 모습이 서서히 타들어 갔다. 나는 아무것도 할 수 없었다.

그 자리에 도훈이 나타났다. 그는 말없이 슬픈 눈으로 나를 바라보았다.

"도훈아!"

내가 소리쳤지만 도훈은 대답하지 않고 천천히 뒷걸음질 쳤다. 그의 모습이 점점 흐릿해졌다.

"가지 마!"

내가 손을 뻗었지만 도훈은 더 멀어져 갔다.

불길은 모든 것을 태우며 나에게로 다가왔다. 도훈의 마지막 모습이 불길 속으로 사라졌다.

나는 놀라 눈을 떴다. 온몸이 땀에 젖어 있었다.

나는 천천히 몸을 일으켜 주방으로 갔다. 찬장에서 수면제 병을 꺼냈다. 물 한 잔을 따르고 약을 손바닥 위에 올려놓았다. 내 손은 미세하게 떨리고 있었다.

한 알을 집어 물과 함께 삼켰다. 그다음 두 알, 세 알, 네 알…. 그렇게 계속 수면제는 차가운 물과 함께 목을 타고 내려갔다. 숫자를 세는 동안 여러 생각들이 교차했다.

거실 소파에 몸을 기댔다. 세상이 멈춘 듯한 정적 속에서, 나는 벽에 걸린 시계의 초침 소리를 들었다.

휴대폰 벨이 울렸다. 유성의 전화였다. 나는 한참 동안 울리는 벨 소리를 듣다가 휴대폰 전원을 꺼버렸다.

눈을 감았다. 곧 나는 깊은 무의식 속으로 빠져들었다.

꿈에서 온 그녀

초판 1쇄 발행: 2025년 02월 14일

지은이: 박은혜
펴낸이: 고경호

기획 · 편집: 고경호
기획 · 마케팅: 박윤호
기획 · 디자인: 이상준

펴낸곳: 도서출판 닥터지킬
출판사신고번호: 제2023-000041호
전화: 010-9623-0327
이메일: dr.jekyll@kakao.com

• 이 책은 저작권법에 따라 보호받는 저작물이므로 무단전재와 무단복제를 금지하며, 이 책 내용의 전부 또는 일부를 이용하려면 반드시 저작권자와 도서출판 닥터지킬의 서면동의를 받아야 합니다.
• 잘못된 책은 구입하신 곳에서 바꿔드립니다.

ISBN 979-11-984443-3-2   03810